일상 탈출 구역

일상 탈출 구역

초판 1쇄 펴낸날 2022년 1월 28일
초판 2쇄 펴낸날 2023년 5월 3일

지은이　　　　김동식, 박애진, 김이환, 정명섭
그린이　　　　에이욥 프로젝트
편집장　　　　한해숙
편집　　　　　신경아, 이경희
디자인　　　　최성수, 이이환
마케팅　　　　박영준, 한지훈
홍보　　　　　정보영, 박소현
영업관리　　　김효순
펴낸이　　　　조은희
펴낸곳　　　　주식회사 한솔수북
출판등록　　　제2013-000276호
주소　　　　　03996 서울시 마포구 월드컵로 96 영훈빌딩 5층
전화　　　　　편집 02-2001-5822 영업 02-2001-5828
팩스　　　　　02-2060-0108
전자우편　　　isoobook@eduhansol.co.kr
블로그　　　　blog.naver.com/hsoobook
페이스북　　　chaekdam
인스타그램　　chaekdam

ISBN 979-11-7028-937-1

류알 코드를 찍어서
독자 참여 신청을 하시면
선물을 보내 드립니다.

 책담　다른 내일을 만드는 상상

일상 탈출 구역

ayob_project 그림

김동식
박애진
김이환
정명섭
지음

⫽⫽책담

차례

　우리에게 일상은 감옥이자 방벽 같은 존재입니다. 갇혀 있다고 생각되면 감옥이고 외부의 침입을 막아 주는 존재라면 방벽이 되는 것이죠. 그래서 일상은 삶을 구분 짓는 중요한 구분 점이기도 합니다.《일상 탈출 구역》은 네 명의 작가들이 미래의 일상이 어떻게 펼쳐지고 어떤 식으로 탈출하게 되는지에 대해서 상상하면서 쓴 글을 모은 책입니다. 전작인《일상 감시 구역》이 일상을 감시하는 무언가를 그렸다면 이번 작품집에서는 일상에서 벗어나고자 하는 주인공들의 모습을 그리고 있습니다.

　김동식 작가의 〈하늘 문 너머〉는 어느 날 갑자기 나타난 문을 둘러싼 소동을 다루고 있습니다. 사람들은 뭔가에 홀린 듯 그 문을 열고 어디론가 사라져 버립니다. 하지만 떠나지 않고 남은 사람들도 있죠. 그들은 왜 떠났고 남았을까요? 갑작스러운 변화가 찾아올 때, 어떤 선택을 할지 생각해 보게 만드는 단편이었습니다. 무엇보다 선택의 과정이 지극히 우리의 현실을 비추고 있다는 점에서 더더욱 눈길을 끌었습니다.

"누구나 일상이 있고, 누구나 일상 탈출을 꿈꿉니다. 그러나 일상에서 벗어나지 못하는 건, 두려움 때문이죠. 일상 밖은 장담할 수 없는 미지의 세계니까요. 하늘 문의 발상은 그렇게 탄생했습니다. 이걸 쓴 저도 제가 남겨진 사람인지, 떠나갈 사람인지, 결정할 수가 없네요. 여러분은 어떠실지요, 하하하." ──김동식

〈로봇 교장〉은 학교에 부임한 로봇 교장을 둘러싼 이야기를 담고 있습니다. 모든 걸 통계로 계산하고 냉정하게 결정하는 로봇 교장의 태도에 분개한 주인공은 모종의 계획을 꾸밉니다. 과연 그 계획은 성공을 거둘까요? 김동식 작가의 글은 항상 말랑말랑하게 읽힙니다. 하지만 그 뒤에는 읽은 시간보다 오랫동안 생각을 하게 만드는 여운을 남깁니다.

"일상은 가끔 엄격한 규칙하에 돌아갑니다. 단지 그것이 당연하단 이유로 개인의 자유를 억압할 때가 있는데, 그런 게 정말 '일상'이 되어도 되는 걸까요? 매일 살아가야 할 일상은 일탈보다 더 자유로워야 하지 않을까요?" ──김동식

박애진 작가가 쓴 〈우주를 건너온 사랑〉은 페가수스 우주 정거장에서 머물던 주인공 소피아가 일상에서 벗어나서 힘다 행성으로 오면서 벌어지는 이야기를 담고 있습니다. 소피아는 자신이

꿈꾸는 것을 얻기 위해 참으로 많은 모험을 겪습니다. 하나하나의 모험이 지금 우리의 일상에서 흔히 겪는 일들을 우회적으로 표현하는 것이라 그런지 더 눈에 띄었습니다. 우리는 종종 어리다는 이유로 부당한 대우와 차별을 받곤 합니다. 소피아는 그런 억압을 벗어나 과연 일상을 탈출할 수 있을까요?

"서울에 사는 저는 통영하면 바다를 떠올리는데, 통영에 사는 제 친구는 휴일이면 계곡에 간다고 하더군요. 바다는 지겹다나요. 어쩌면 지금은 상상만으로 가능한 우주 정거장에서의 삶도 그곳에서 사는 이에게는 벗어나고 싶은 일상의 무게를 안기는 곳일 수도 있겠다 싶었습니다. 그래서 소피아는 우주 정거장을 떠나 낯선 행성으로 가서 예기치 못한 상황에 처합니다." ──박애진

김이환 작가가 쓴 〈구름이는 어디로 갔나〉는 휴가를 떠나기 위해 시스템을 점검하던 인공지능이 구름이라는 이름을 가진 로봇이 종적을 감춘 것을 확인하는 데서 이야기가 시작됩니다. 육체가 없는 인공지능이 일상에서 벗어나 휴가를 간다는 시작점이 무척 흥미로웠는데요. 각종 로봇들이 차례대로 등장해서 수다를 떠는 장면과 김이환 작가 특유의 따뜻하고 재미난 결론이 눈에 띄었습니다.

"생각하는 인공지능이나 로봇이 나온다면 우리의 삶은 어떻게 달라질까요? 우리는 인공지능과 로봇을 얼마나 이해할까요? 반대로 그들은 인간의 생각, 행동, 감정을 얼마나 이해할까요? SF에서는 이런 상상을 얼마든지 이야기로 풀어낼 수 있어서 매력적입니다. 청소년 독자 여러분이 아직 다가오지 않은 미래를 상상하면서 생각의 시야가 넓어지는 경험을 했으면 하는 마음에 이 글을 썼습니다. 재밌게 읽으셨으면 좋겠습니다." ──김이환

마지막으로 제가 쓴 〈아라온의 대모험〉은 근 미래, 지구 온난화로 인해 일상이 파괴되어 가는 광경을 담고 있습니다. 지구의 온도가 올라가 남극의 빙하들이 녹으면서 도시들이 물에 잠기고 땅이 사라지는 일이 벌어지는데요. 주인공 남매인 아라와 라온은 그 문제를 해결하기 위해 남극으로 떠나는 탐사선에 아버지와 함께 타게 됩니다. 하지만 생각지도 못한 자연재해는 아라와 라온 남매의 일상을 망가뜨립니다.

미래에도 일상은 이어질 겁니다. 그런 일상들이 어떤 식으로 변화하고 지켜질지를 상상하는 것은 작가들에게 매우 흥미로운 도전이지요. 감시받는 일상에서 탈출한 후에는 어떻게 될까요? 다시 일상으로 돌아가지 않을까요? 좋은 작가들과 함께 어깨를 나란히 하는 건 늘 더 없이 행복한 일입니다.

정명섭

하늘 문 너머

김
동
식

아! 깨어나셨네요? 아유, 병원이 좀 어수선하죠? 죄송해요, 사정이 있어서요.

참, 오토바이 사고였다고 했죠? 보름 만에 깨어나신 것 알고 계세요? 안 믿기시죠? 하하, 다들 그러세요. 근데 그건 놀랄 일도 아니랍니다. 지난 보름간 세상에 어떤 일이 있었는지 아시면 까무러치실지도 몰라요.

네? 무슨 일이냐고요? 음… 말해도 괜찮으려나요? 충격받으실 텐데 괜찮을까요? 음, 알겠어요, 그 일은요. 환자분이 실려 오고 이틀? 정도 뒤에 일어났어요. 만약, 누군가 그런 말을 한다면 믿으실 것 같으세요? 예를 들어 이런 말이요.

"이 세상은 모두 가짜다. 당신들은 지금 그 역할을 연기하고 있을 뿐, 진짜 현실은 따로 있다."

영화 〈매트릭스〉처럼 진짜 세상이 따로 있다는 말이에요! 당연히 안 믿기시죠? 그런 말을 누가 믿겠어요? 미국 대통령이 나와서 그런 말을 해도 안 믿을걸요? 근데요, 그 말을 우주선에서 나온 외계인이 했다면 어떨까요?

네, 진짜 우주선이요! 하늘을 뒤덮은 거대한 우주선에서 나온 외계인이 그런 말을 했다니까요? 우리가 이 세상이 가짜인 줄도 모르고 산다고요! 충격적이었죠. 인류 역사상 첫 외계인과의 조우가 그런 식일 줄 누가 상상이나 했겠어요? 이 세상이 가짜라는 걸 알려 주는 외계인이라니! 당연히 사람들은 대혼란에 빠졌죠. 정부나 높은 사람들도 외계인과 대화하려고 하는 것 같았는데, 외계인은 금방 떠났어요. 다만 그냥 가진 않았고, '문'을 남겨 두고 갔어요.

문이 뭐냐고요? 지금도 하늘에 떠 있어요. 전 세계 어디서든 볼 수 있는데, 정말 그냥 문이에요. 그 문의 역할이 뭔지는 외계인이 이렇게 말해 줬어요.

"현실로 돌아가고 싶다면 문을 향하여 눈을 감아라. 그리하여 마음 속에 문이 생기면, 그 문을 열고 나가라."

진짜예요. 저도 그 문을 향하여 눈을 감아 봤는데, 정말 머릿속에 문이 떠오르더라니까요. 물론 열고 나가진 않았지만요. 열고 나가면 어떻게 되냐고요?

그게 지금 이 병원이 이렇게 어수선한 이유죠. 우주선이 문을 남겨 두고 떠난 뒤에 세상이 어떻게 됐겠어요? 엄청난 사람들이 문을 열고 나가 버린 거예요. 마음속으로 문을 열고 나간 사람들은 새하얗게 빛을 발하다가 사라졌어요. 재도 안 남기고요.

그들이 정말 외계인이 말하는 '진짜' 현실로 간 걸까요? 사실, 아무도 몰라요. 갔다가 돌아온 사람은 없거든요. 하지만 여러 가지로 믿을 수밖에 없는 사태가 벌어졌잖아요? 우주선에, 외계인에, 문에, 사라진 사람들에…. 외계인의 말이 사실일 거라고 믿는 사람들이 정말 많아요. 그래서 떠난 사람도 많고요. 어떤 연예인은 이런 말도 했어요.

"지금 지구에는 겁쟁이들만 남아 있다."

맞는 말일지도 모르죠. 저만 해도 사실 무서워서 남아 있는걸요. 제 주변만 해도 얼마나 많은 사람이 떠났는지 아세요? 병원 꼴이 이런 것도 다 그 탓이죠. 뭐, 중환자분들 대부분이 떠나는 바람에 그나마 다행이긴 한데.

아참! 떠나실 거예요? 의식이 없어서 결정 못 하셨겠지만, 이제 깨어나셨으니까요. 아! 물론 병원에 일손이 부족하니 떠나라고 등 떠미는 건 아니고요! 당연히 스스로 결정하셔야죠. 하여간, 깜짝 놀라실 거예요. 환자분이 의식을 잃은 사이에 세상이 얼마나 뒤집어졌는지요.

어머, 제가 방금 깨어나신 분 붙잡고 말이 많았네. 얘기할 사람이 다 떠나서 그런가? 하핫. 혼란스러우시죠? 쉬셔요.

＊＊＊

김남우는 생각보다 빠르게 회복했고, 한 달 만에 다시 사회에 복귀할 수 있었다. 하지만 그가 알던 세상은 더는 존재하지 않았다. 하늘 문으로 대격변이 일어난 사회는 많은 게 변해 있었다. 가장 큰 문제는 인력 부족이었다. 각자의 위치에서 역할을 하던 사람들이 어느 날 갑자기 신기루처럼 증발해 버렸으니, 사회적으로 어마어마한 공백이 생겼다. 기자였던 김남우가 손쉽게 직장으로 복귀할 수 있었던 것도 그런 이유였다. 놀랍게도 그는 곧장 승진했다. 기러기 아빠였던 직속 상사가 문 너머로 떠난 탓이었다.

　　"그 양반? 얼마 전에 넘어갔잖아. 근데 그 양반도 참 불쌍해. 해외에 있던 아내랑 딸이 그 양반한테 아무런 상의도 안 하고 동시에 넘어가 버린 거야. 그걸 이틀 뒤에야 알고선 밤새도록 술 마시더니, 그렇게 넘어갔어."

　　직속 상사 외에도 많은 이들이 문 너머로 떠난 뒤였는데, 때려치운단 말을 항상 입에 달고 살던 녀석도 떠났고, 평생 기자로 살겠다던 열혈 신입도 떠났다.

　　너무 많은 이들이 떠나서 그런지, 남겨진 이들은 서로를 단속하고 있었다.

　　"아직도 안 떠난 거면 영영 안 갈 거잖아? 어느 날 갑자기 사라지는 거 아니지? 그렇지?"

　　김남우는 자신을 승진까지 시켜 준 의도가 어렴풋이 느껴졌다. 어디나 일손이 부족했다. 인재가 귀하니 승진으로라도 잡아

뒤야 하지 않았을까?

승진했다고 해서 예전보다 바빠지거나 힘든 일이 있는 것도 아니었다. 어수선한 시기 탓에 취재할 기사도 획일화된 상태였다. 대부분 '누구누구가 떠났다더라.'라는 내용과 그 영향이었다. 매일 기계적으로 떠난 사람들을 조사하고 다니던 김남우는, 문 너머 사태가 최근 안정세에 들어가면서부터 다른 취재를 기획했다. 사회 분위기가 달라졌기 때문이었다.

'웬만큼 떠날 사람은 다 떠났다.'

이제 남은 사람들끼리 세상을 잘 수습하고 살아야 한다가 주된 분위기였다. 심지어 그건 정부의 방침이기도 했다. 너무 늦은 감이 있었지만.

국민 여러분. 문 너머를 선택하지 마시길 바랍니다.
정체가 검증되지 않은 문 너머로 간다는 건
자살행위나 마찬가지입니다.

사실, 정치인이나 재력가 등의 권력자 중에 문 너머로 간 사람은 거의 없었다. 이 세상에 가진 게 많은 이들은 대부분 이 세상에 남았다. 또한 그들이 문 너머에 대해 비판적 여론을 형성하려한다는 것도 공공연한 비밀이었다. 그들의 기득권이 존재하기 위해선 기득권을 떠받쳐 줄 사람들이 필요했기 때문이다. 대기업에서는 그 어떤 제품의 광고보다, 문을 향한 공격에 홍보 팀 전력을 쏟아부어야 했다.

"도대체 문 너머 세상으로 간 인간들은 뭘 믿고 그러는 거야? 이해할 수가 없네! 증거가 있는 것도 아니고. 그들이 정말 다른 세계로 넘어갔겠어? 내 생각엔 그 사람들 다 죽은 거야 그냥!"

"어느 날 갑자기 외계인이 나타나서 하는 말이, 이 세상은 매트릭스다? 이게 말이나 돼? 굳이 찾아와서 그걸 말해 주는 이유가 뭔데? 증거 같은 건 하나도 제시하지 않았지. 오히려 우리가 물을까 봐 바로 도망쳤잖아! 외계인의 말을 어떻게 믿어!"

"사람들이 넘어갈 때 빛나다가 소멸하잖아. 그게 외계인의 덫 아니야? 문 너머로 간 거라고 확신할 수 있어? 혹시 그 문이 외계인에게 잡아먹히는 길이라면? 아니면 어딘가에 노예로 팔려 가는데 내가 스스로 도장을 찍은 거라면? 아니면 그냥 인간들이 멍청하게 타 죽는 걸 보려는 질 나쁜 장난이라면?"

문의 정체에 대한 토론은 전 세계 어디에서나 벌어졌다. 다들 남아 있는 사람들이다 보니 대부분 문에 대한 비판적 의견이 주류였지만, 의외로 그 반대도 존재했다. 심지어는 이 세상에 아직 남아 있는 이유가 사람들을 설득하기 위해서인 사람도 있었다.

"영화 〈매트릭스〉를 보셨습니까? 우린 모두 파란 약을 먹고 있는 겁니다. 명백하게 이 세상은 가짜입니다. 우린 이 가짜 현실을 떠나 진짜 현실과 마주해야만 합니다! 인류 모두가 합심하여 다 함께 이 세상을 떠나야 한단 말입니다!"

이런 사람들이 몇 사람쯤은 문 너머로 보냈을지 몰라도, 보통은 "너나 가라!"며 욕만 먹었다. 사람들이 문 너머를 선택하는 이유는 이런 사람들의 영향보다 주변의 영향이 컸다. 가족이 모두 떠나기로 해서 함께하는 경우, 친구들이 합심하여 떠나는 경우, 애인 따라 떠나는 경우 말이다. 어떤 경우에는 그게 반강제적이라 문제가 되기도 했다.

"부모가 문 너머로 떠나면 학생이 홀로 남을 수 있겠습니까? 어린아이들은 스스로 선택할 기회도 없이, 원치 않더라도 떠날 수밖에 없는 겁니다. 아이를 가진 부모라면 최소한 애가 성인이 될 때까지는 선택을 보류해야 합니다!"

물론 반대로 아이가 먼저 떠나는 바람에 온 가족이 가는 경우도 있었지만, 그때는 무조건이 아니었다. 여러 사정으로 이곳에 남는 경우가 꽤 있었다. 이런 현상을 보던 김남우는 이제 떠난 사람들의 흔적을 취재하는 것보다, 남은 사람들을 취재하기로 마음먹었다. 그게 훨씬 더 좋은 기사가 될 것 같았다.

김남우가 처음으로 찾아간 인터뷰 대상은 온 가족이 떠났는데도 혼자 남은 한 중년 남성이었다. 그를 찾아간 김남우는 몇 가지 가벼운 대화를 나누다가 본론으로 들어갔다.

"선생님께서 이 세상에 혼자 남으신 이유가 뭔지요?"

팔짱을 낀 중년 남성은 헛웃음을 터뜨렸다.

"서울 아파트값이 얼만지 아시죠? 아니, 아셨었죠? 지금이야 개판이지만, 그땐 진짜 어휴. 난 정말 평생 정답으로 살았습니다. 정답 아시죠? 공부 열심히 하고 좋은 학교 들어가서 딴짓 안 하고, 좋은 회사 들어가서 꾸역꾸역 일하고. 평생 한 번도 딴 길로 샌 적 없이 열심히 일했단 말입니다. 그렇게 죽어라 견디며 겨우 아파트에 들어간 게 그때입니다. 문이 나타나기 딱 이틀 전에 아파트에 입주했다 이 말입니다. 내가 이 정도로 살려고 평생 얼마나 고생했는데, 이걸 포기하고 가자고요? 그게 말이나 됩니까? 예? 마누라랑 애들은 직접 벌어 보지 않았으니까 홀쩍 떠났겠지! 난 못 가! 안 가! 이걸 두고 어떻게 가!"

말을 하면서 점점 감정이 격해지던 그의 인터뷰는 한 자도 빠짐없이 기사에 그대로 실렸다. 그의 강력한 요청이었다. 마치 그는 사람들이 자신의 억울한 얘기를 꼭 들어 줬으면 했던 것 같았다.

김남우가 두 번째로 찾아간 인터뷰 대상은 중년 남성과 같은 아파트에 사는 한 학생이었다. 부모님이 모두 떠난 32평 아파트를 홀로 사용 중인 그에게 김남우가 물었다.

"어째서 혼자 남은 겁니까? 보통 학생들은 부모님이 떠나면 거의 함께 떠나는 경우가 많은데 말입니다."

"당연히 저한테도 같이 가자고 하셨죠."

대수롭지 않게 대답한 학생의 다음 말은, 기사의 헤드라인이 되었다.

"수능은 봐야죠."

김남우는 전혀 예상 못 했다는 얼굴로 물었다.

"수능 말입니까? 수능을 보기 위해 남았다, 이 말이군요? 왜죠?"

학생은 생각만으로도 질린다는 얼굴로 말했다.

"제가 평생 들어 온 말이 뭔 줄 아세요? 서연고 못 가면 나가 죽으라는 말이었어요. 그렇게 공부, 공부, 공부만 입에 달고 사시던 분들이 문 너머로 가자고 했을 때, 얼마나 어이가 없던지! 아니, 제가 학원을 몇 개나 다녔는지 아세요? 하루에 겨우 네 시간씩 자면서 그 고생을 했는데, 이제 와서 가자고? 말이 돼요 그게? 뭐라더라, 주변에 다들 떠나는데 뒤처지면 안 되니까 가자던가? 그게 말이야 뭐야!"

"아."

"저는 진짜, 이대로는 억울해서 못 가요. 혹시 가더라도 대학 캠퍼스 문턱 넘은 뒤에 넘어갈 거예요. 엄마 아빠도, 그동안 나한테 그렇게 했으면 내가 대학 문턱 넘는 건 봐야죠. 훌쩍 가 버려요? 초등학교 때 이후로 한 번도 가족 여행을 간 적이 없어요. 근데 우리 가족 다 같이 문 너머로 떠나자고요? 제가 갈 것 같아요? 참나!"

어이없다는 듯한 학생의 눈시울은 약간 붉어져 있었다.

김남우가 세 번째로 찾아간 인터뷰 대상은 꽤 유명한 사람이었다. TV의 가수 오디션 프로그램에서 준결승까지 올라갔던 장진주.

그녀는 한숨으로 이야기를 시작했다.

"어릴 때부터 가수가 꿈이었어요. 그 꿈을 겨우 이뤘는데, 이 세상이 다 가짜라네요? 제가 꿈꿨던 가수고 뭐고 다 존재하지도 않는 허상이었던 거예요. 진짜 너무 허탈하더라고요. 난 무엇을 위해 살아왔나 싶고."

"요즘 유행하는 하늘 문 후유증이군요. 많은 분이 그 문제를 겪지요."

"맞아요. 정말 너무 허탈해서 그냥 문 너머로 떠나려고 했어요."

"근데 남으셨군요?"

"그게, 떠나기 직전에 방송국에서 전화가 온 거예요. 경연 1등, 2등이 문 너머로 다 떠나는 바람에 제가 1등이 됐다고요. 상금과 앨범 제작, 활동 지원을 제가 받게 됐다는 거예요, 글쎄. 그래서 뭐… 남기로 했죠. 이 세상이 다 가짜고 허상인지는 모르겠지만,

그래도 제 꿈은 꿈이니까요."

　장진주는 인터뷰 말미에 본인의 신곡 홍보를 부탁했는데, 〈내가 느끼는 진짜〉란 제목이었다.

　네 번째 인터뷰 상대는 익명을 원했다.

　"가족회의를 해서 다 함께 가기로 합의했어요. 넷이 베란다에 서서 동시에 눈을 감고 떠나기로 했는데, 저는 실눈 뜨고 애들까지 다 떠나는 거 본 다음에 돌아왔죠. 사실은, 애인이 이 세상에 남았거든요. 인스타에서 작년부터 연락하다가 만난 사람인데, 사실 그 사람 만나고부터 제가 살아 있다고 느꼈거든요? 근데 어떻게 이 세상이 가짜겠어요? 도저히 그렇게 안 느껴져요."

　"그렇군요."

　"요즘 그 사람한테도 말하고 있어요. 떠나는 척하다가 혼자 남으라고요. 그 사람도 유부거든요. 그렇게 하면 그 사람도 싱글이고 저도 싱글이니까 아무런 문제가 없어지잖아요? 우릴 욕할 사람도 없고! 어쩌면 그 문은 우리 사랑을 위해 나타난 걸지도 모른다니까요."

　김남우가 다섯 번째로 찾아간 인터뷰 대상은 조금 특별했다. 사람들에게 하늘 문 너머로 가야 한다고 주장하는 '빨간약'이란 단체의 수장이었다.

"이 세상은 가짜입니다! 가짜 세상에서 무엇을 이룬다 한들, 그 무슨 의미가 있겠습니까? 다 허상입니다, 허상. 인류는 이 허상을 떠나 다 함께 하늘 문 너머로 가야만 합니다. 그게 유일한 진리입니다. 그래서 우리 빨간약은 세상을 향한 진리의 목소리를 내는 것에 온 힘을 다하고 있습니다."

"아 네, 그렇군요. 제가 듣기로, 빨간약 회원은 문 너머로 가기 전에 남겨진 재산을 모두 단체에 기부한다고 들었습니다. 맞습니까?"

"그렇습니다. 어차피 이 세상에서의 재산도 모두 무의미한 허상입니다. 진짜 세상으로 함께 갈 수 없지요. 다만 그렇게 남겨질 재산이 한 사람이라도 더 구원하는 데 쓰일 수 있다면, 그 가치가 생기는 것입니다."

"네. 그렇군요."

김남우는 회원이 남긴 롤스로이스를 끌고 떠나는 수장의 사진을 기사 말미에 실었다.

이 밖에도 김남우는 많은 이들을 취재했다. 꾸준히 연재된 그의 기사에는 이 세상에 남아야 할 수많은 이유가 써 내려졌다. 이런 시국이라 그런지, 김남우의 기사는 꽤 많은 인기를 얻었다.

가끔은, 누군가 김남우에게 물었다.

"그러는 기자님은 왜 이 세상에 남으신 거예요? 기자님도 이유가 있을 거 아니에요."

그러면 김남우는 대답하기 곤란한 듯한 표정을 짓다가 고개를 저었다.

"저는 그냥 외계인의 말을 믿지 못해서 말입니다. 개인 사정상 직접 들어 보지 못했거든요."

하지만 그건 회피하기 위한 대답일 뿐이었다. 사실은 김남우가 이런 기사를 연재하는 이유가 세상에 남아야 할 이유를 찾기 위함이었다.

티를 내지 않았을 뿐, 김남우는 내내 그 누구보다 심각하게 고민하고 있었다.

'문 너머로 가야 하는가, 말아야 하는가?'

다만, 그 고민을 누구에게 상담하지는 않았다. 그는 그저 사람들을 취재하며 본인이 남아야 할 이유를 합리화하기 위해서 애쓰고 있었다.

"저요? 가족과 친구들이 다 남았으니까 그냥 남는 거죠, 뭐. 대부분 그렇잖아요?"

"저는 솔직히 관성 같아요. 제가 지금까지 살던 삶이 있으니까 그냥 그 관성으로 떠밀리듯 남아 있는 거죠."

"불신입니다 불신! TV에 나오는 유명한 사람들이 떠드는 말 못 들었습니까? 저 문은 아무것도 검증되지 않았다잖습니까? 멍

청하게 자살하고 싶진 않습니다."

"그, 현실은 시궁창이란 말이 있잖아요. 솔직히 지금보다 문 너머가 더 낫단 보장 있어요? 차라리 모르는 게 약이죠."

많은 취재에도 불구하고 김남우는 자신이 이 세상에 남아야 할 이유를 찾지 못했다. 결국, 그는 떠나기로 했다. 제법 인기 있는 기사를 연재하던 인플루언서가 떠나기로 했다는 소식은 금방 알려졌다.

또한 사람들은 이해하지 못했다.

"아니, 가족도 남아 있고 친구도 다 남아 있다며? 그럼 그냥 남는 거지 뭘 고민해?"

"승진까지 했다며? 연재도 잘되어서 사회적으로 성공하고 있는데, 여기서 떠날 이유가 있나?"

"홍혜화라고, 결혼할 여자도 있다고 하지 않았어? 사고 났을 때 보살펴 준 그 여자도 같이 가기로 했대? 아니야? 그럼 왜?"

많은 이들이 김남우에게 이유를 물었지만, 그는 누구에게도 이유를 말해 주지 않았다. 떠나는 날에도 혼자 호텔 방에 문을 잠그고 들어가 시간을 보냈다. 나른하게 목욕을 하고, 맥주를 마시며 제일 좋아하는 영화를 한 편 보고, 맛있는 음식을 배가 부르게 먹고, 느긋하게 침대에 누워 있다가 창가로 다가갔다.

창문 밖으로 하늘 위 문을 바라보며 김남우는 말했다.

＊＊＊

　내가 왜 떠나냐고? 처음부터 이 세상이 가짜 같았거든. 그럼 왜 진작 안 떠나고 이제야 떠나냐고? 그냥 가짠지 모두 함께 가짠지 알고 싶었거든. 이 세계가 나 혼자 하는 가정용 게임인지 다 함께 하는 온라인 게임인지, 그걸 모르잖아.

　처음 이상함을 느낀 건 내가 너무 빨리 회복되면서였어. 그렇게 큰 사고인데 한 달 만에 회복이 되어도 되나? 그다음으로 이상했던 건, 이 세상이 뒤집어졌다는데 내 주변은 다 그대로라는 점이었지. 친한 사람 중에는 문을 넘어간 사람이 한 명도 없지 뭐야. 그리고 가장 큰 문제는 … 내가 사고로 정신을 잃기 전 마지막으로 봤던 장면이, 잘린 내 다리가 날아가는 모습이었다는 거야. 그게 진짜였다면, 지금 이 멀쩡한 다리가 가짜라는 거잖아?

　그때부터 의심이 들었지. 혹시 이 세상은 나만을 위해 만들어진 시뮬레이션이 아닐까? 진짜 현실로 가겠답시고 떠나는 저 사람들도 모두 데이터 쪼가리가 아닐까? 현실의 난 병원 침대에 내내 누워 있는 의식 불명 환자인 거지. 육체가 소생할 가능성이 안 보이니까, 이렇게나마 가상 세계에서 행복하도록 내 가족들이 조치한 거야. 근데 그럼, 그냥 평화로운 세상을 만들면 되지 왜 번거롭게 이런 이상한 세상을 만들었냐고?

　가족은 내게 선택권을 주려고 했던 거야. 혹시 내가 가짜에서 사는 걸 싫어할 수도 있잖아?

근데 의식 불명 환자에게는 물어볼 수가 없으니까, 안에서 직접 결정할 수 있도록 저런 문을 설계한 거지. 보름 만에 눈을 뜬 세상은 가짜와 진짜란 주제로 가득한 세상이었어. 온 세상이 대놓고 내게 묻는 것 같았지. '넌 빨간 약을 먹을 거니 파란 약을 먹을 거니?'

　계속 고민해 봤는데, 역시 난 떠나야겠어. 인생은 결국 선택이잖아. 근데 다 가짜면 내가 선택하는 게 하나도 없잖아. 다 인형극 속에서 만들어진 선택이지. 여기서 내가 진짜로 할 수 있는 선택은 문 너머로 가느냐 마느냐밖에 없어.

　물론, 그 무엇도 확신할 순 없어. 이건 다 나 혼자만의 생각일 수도 있어. 난 원래 내가 살던 그 세상에서 진짜 보름 만에 깨어난 걸 수도 있고, 심지어는 외계인의 말은 거짓이고 이게 진짜 현실일 수도 있어. 솔직히 지금도 난 완벽하게 확신하고 있지 않아.

　그런데도 문 너머로 가는 이유는? 그걸 선택하기로 한 내 의지는 내가 유일하게 확신할 수 있는 진짜니까. 지금 내가 이렇게 주절주절 혼자 떠드는 것도, 이 세상이 가짜라면 저 밖의 누군가에게 읽히고 있을 거란 생각 때문이야.

　혹 내 가족이 보게 된다면, 내게 평온한 안식을 주기를. 그게 내가 내 의지로 결정한 내 선택이니까.

로봇 교장

김
동
식

"으, 이 빌어먹을 언덕!"

지우와 환희는 매일 등굣길마다 똑같이 투덜거렸다. 보근고등학교 정문으로 오르는 언덕은 학생들 사이에서 태릉 언덕이라고 불렸다. 태릉선수촌에나 있을 법한 코스라고.

지우가 더 짜증 나는 건 뒷문이 존재한다는 점이었다.

"도대체 왜 뒷문을 안 여는 거야! 정류장에서도 더 가깝고 언덕도 아닌데, 언제까지 이렇게 돌아서 등교해야 해?"

"거긴 영영 개방 안 할걸? 옛날에 있었던 외부인 침입 사건 때문에."

"으으, 진짜! 환희야, 건의 좀 해 볼까? 우리가?"

지우의 제안에 환희가 질색했다.

"아우, 그만 좀 하자! 중학교 때부터 몇 번째니? 이제 선생님들께 찍히는 것도 지친다."

"아니, 이건 다른 문제잖아."

"저번에 같이 혼날 때 약속했지? 다신 나대지 않기로?"

"나대는 게 아니라… 에잉."

"어차피 안 돼. 수많은 선배들이 실패한 걸 우리가 어떻게?"

"어휴, 갑갑하다."

지우는 기운 빠진 좀비 같은 걸음으로 언덕을 기듯이 올랐다. 그때, 멀리서 두 사람을 본 금석이 호들갑을 떨며 다가왔다.

"야! 소식 들었냐?"

"뭔 소식?"

"이번에 교장 바뀌는 거 있잖아. 새로 오는 교장이 누군지 알아? 로봇 교장이래!"

"뭐? 로봇 교장? 특목고에나 있다는?"

"요즘은 다 쓴다잖아. 근데 우리 학교까지 올 줄은 몰랐지."

지우의 눈이 호기심으로 반짝거렸다.

"와! 로봇 교장은 어떨까? 신기하다."

반면, 환희의 표정은 찜찜했다.

"로봇 교장이 엄청난 권력을 휘두른다고 하던데… 이상한 교칙도 만들고."

"권력? 고등학교 따위에서 무슨."

"그렇긴 하지만… 왠지 불안한데."

"불안해? 기대되는데 난?"

세 친구는 로봇 교장 얘기를 하며 교문을 통과했다. 그들이 2학년 1반 교실에 도착했을 때, 다른 아이들도 모두 로봇 교장 얘기 중이었다. 조금 뒤, 앞문으로 뛰어 들어온 친구가 외쳤다.

"야! 지금 1층 중앙 현관에 로봇 교장 와 있대!"

"뭐?"

호기심 강한 아이들이 우르르 교실을 빠져나갔다. 그중에는 지우도 있었다. 계단을 달려 내려간 지우는 복도를 가로질렀다. 먼저 온 아이들이 잔뜩 모여 있는 곳을 비집고 들어가니, 체육 선생님이 주의를 시키는 모습이 보였다.

"야, 야! 교실로 들어가 이것들아!"

선생님 너머로 원통형의 무언가가 보였다.

"우와! 캡슐형이네!"

지우는 로봇 교장의 모습에 감탄했다. 은빛 메탈 소재는 몹시 고급스럽게 매끄러웠고, 이모티콘으로 점멸하는 얼굴도 세련된 느낌이었다. 다리가 없는 통짜 하체가 커튼처럼 변형하며 계단을 혼자 오르는 모습은 경이롭기까지 했다. 하이라이트는 목성의 띠처럼 허리를 중심으로 처진 링 형태의 금속 커튼이었는데, 손 역할을 하는 듯 자유자재로 늘어났다가 줄었다가 했다.

아이들 모두 '우아, 우아.' 하며 로봇 교장을 구경하자, 체육 선생님이 빽 소리를 질렀다.

"야! 교장 선생님이 구경거리냐!"

그 순간, 로봇 교장의 이모티콘 얼굴이 웃었다.

괜찮습니다. 반가운 학생들이군요.

로봇 교장의 기계식 목소리에 아이들은 또 감탄했다.

"우와아!"

로봇 교감은 허리의 링을 손처럼 흔들었다.

반갑습니다. 하지만 수업 시간이 늦기 전에 들어가세요.

로봇 교장은 뒤돌아 교장실로 향했다. 그제야 아이들도 각자의 교실로 사라졌다. 로봇 교장을 본 아이들이 생김새와 목소리 등등을 전교에 퍼뜨렸다. 아이들은 대부분 새로운 로봇 교장에 대해 호감을 가졌다. 하지만 그 호감이 애매해지는 데는 오랜 시간이 걸리지 않았다.

"로봇 교장이 새로운 교칙을 발표했대!"

새롭게 부임한 로봇 교장이 만든 일곱 가지 교칙이 전교에 통보되었다.

1. **지우개를 필통 밖에 꺼내 두면 안 된다.**
2. **동물 형태의 소지품을 금지한다.**

3. 상시 가죽 허리띠를 착용한다.

4. 화장실에 들어가고 나올 때마다 소리 나게 손뼉을 한 번 친다.

5. 1층 계단에서는 절대 뛰면 안 된다.

6. 2층 이상 계단에서는 무조건 뛰어다닌다.

7. 월요일 아침에는 운동장에 모두 모여서 교장 선생님
   말씀을 듣는다.

교실 벽에 붙은 대자보로 몰려든 아이들은 한결같이 황당한 표정을 지었다.

지우도 어이가 없다는 듯 말했다.

"뭐야 이게? 무슨 교칙이 이래? 환희야, 넌 이게 이해가 돼?"

"이해가 되는 게 무슨 상관이야. 안 지키면 벌점 받는다는 게 문제지. 선생님들이 단단히 주의 주고 다니는 거 못 봤어?"

"뭐 이런 게 다 있어? 로봇 교장이 원래 이래?"

황당해하는 지우를 보며 금석이 말했다.

"원래 로봇 교장은 교칙도 만들고 그래. 인공지능이 그 학교의 빅데이터를 수집해서 최적으로 활용하는 거니까, 다들 무조건 따르지."

"아니, 아무리 그래도,"

"인공지능과 빅데이터가 틀린 거 봤냐? 저래 보여도 다 의미가 있을 거다. 학부모들이 강력 지지하는 건 다 이유가 있는 거지."

"무슨… 도대체 무슨 의미가 있는 건데?"

지우는 고개를 절레절레 저었고, 환희는 한숨을 내쉬었다.

"유예 기간이 이틀이야. 가죽 허리띠 준비해야겠네."

"윽! 정말 마음에 안 들어!"

질색하는 지우의 얼굴이 일그러졌다.

＊＊＊

등굣길, 학교에 들어선 지우는 친구들의 허리를 살폈다. 역시나 아이들 모두 가죽 허리띠를 매고 있었다. 모든 선생님이 몇 번이나 교칙을 강조한 결과다.

"으, 불편해."

지우는 몸에 무언가를 걸치는 걸 체질적으로 싫어했다.

안 차고 등교하려니, 엄마가 펄쩍 뛰었다.

'내신 신경 써야지 이것아! 무조건 차!'

"어휴."

허리띠를 매만지며 교실로 들어선 지우는, 자리에 앉자마자 옆자리 환희에게 말했다.

"아무리 생각해도 이건 아닌 것 같아. 무슨 이런 교칙이 다 있어? 교장 그거 고장 난 거 아니야?"

"인공지능이 실수하는 거 봤냐? 빅데이터로 봤을 때 의미가 있는 거라잖아."

"가죽 허리띠에 무슨 의미가 있는데? 왜 가죽 허리띠냐고!"

"글쎄? 튼튼하고 단정해서?"

"단정은 무슨, 그럼 1번 교칙 지우개는?"

환희가 어깨를 으쓱했다.

"모르지."

둘에게 다가온 금석이 말했다.

"뭐라도 이유가 있겠지. 괜히 인공지능이겠어? 지우개가 책상 위에 있으면 집중력에 미세한 차이가 난다거나 할 수도 있잖아."

"그게 뭐야? 넌 그런 교칙이 이해돼?"

"언제는 뭐, 이해되는 교칙이 있었냐? 원래 교칙이란 게 다 그렇지 뭐."

"으으…."

지우는 아무리 생각해도 교칙들이 마음에 들지 않았다. 그 이유는 수업 시간에 그대로 나타났다.

"지우야! 지우개 필통에 집어넣어라. 이름이 지우라 지우개를 꺼내 놓았니?"

"예? 아, 선생님!"

"지금은 경고지만, 한 번 더 걸리면 벌점이다. 지우, 지우개 관리 잘해."

"윽."

산만하다는 지적을 자주 받던 지우에게 새로운 교칙은 치명적이었다. 또 이름 때문에 다른 아이들이 실수해도 '지우도 아니고 지우개 실수를 하냐?' 같은 말까지 들어야 했다.

쉬는 시간에도 마찬가지였다.

"누가 1층 계단을 뛰어다니니! 지우야! 1층 계단은 무슨 일이 있어도 걸어 다녀!"

"윽… 넵."

2학년 교실이 2층에 있는 이상, 성격 급한 지우는 뜀박질을 멈출 수가 없었다. 게다가 4층 도서관에 갈 때는 뛰라니?

"아니, 이거 거꾸로 된 거 아니야? 1층에서는 걸어 다녀야 하는데 왜 더 힘들어지는 고층에서는 뛰어다녀야 해?"

"모르지."

"보통 높은 곳에서 뛰다가 구르는 게 더 위험한 거 아니야?"

"야, 우리 같은 인간이 인공지능의 깊은 뜻을 알 수 있겠냐."

"으, 그놈의 인공지능 빅데이터!"

지수는 우울해하며 책상에 턱을 괴었다. 환희는 지수의 기분을 풀어 주고 싶었다.

"지수야, 오늘 점심 네가 좋아하는 돈가스잖아."

"어? 진짜? 돈가스?"

고개를 번쩍 든 지수의 표정이 환해졌다.

환희는 슬며시 웃었다.

'참 단순하기도 한 내 친구.'

"응, 돈가스. 두 개 달라고 할 거지?"

"당연하지!"

기다리던 점심시간. 지우는 배식대에서 식판을 들고 간절한 얼굴로 말했다.

"저, 돈가스 두 개 주실 수 있으세요?"

"어이구, 잘 먹는 지우 학생은 세 개 줘야지."

"우왁, 감사합니다!"

환희는 지우가 저 작은 몸으로 과연 다 먹을 수 있을까 생각했지만, 지우는 기어이 급식판을 깨끗하게 비웠다.

"으허, 배 터질 것 같아."

"적당히 먹고 남기지."

"돈가스한테 질 수야 없지."

배를 통통 두들기던 지우는 자연스럽게 벨트를 풀었다. 그러고도 갑갑한지 벨트를 아예 빼서 손에 들고 다녔다.

물론, 어김없이 선생님께 지적당했다.

"지우! 허리띠 왜 풀었어?"

"네? 아, 선생님, 밥을 많이 먹었더니 배가 너무 불러서…."

"그럼 허리띠를 느슨하게 차지, 왜 풀고 다녀?"

한숨을 내쉰 지우가 선생님께 물었다.

"근데 왜 꼭 벨트를 차야 하는 건데요? 선생님은 이해가 되세요? 무슨 이유로 그래요?"

"음."

선생님은 잠깐 멈칫거렸지만, 엄하게 말했다.

"교장 선생님 지시에는 다 이유가 있어. 단정하고 얼마나 보기 좋니?"

지우는 도저히 납득할 수가 없었다.

'선생님조차 이유를 모르는 교칙을 왜 지켜야 하는 거야?'

이후에도 유독 지우는 교칙 지적을 많이 당했다. 지우 지우개 이야기는 수십 번도 더 들었고, 필통이 동물 형태라고 압수당하질 않나, 왜 계단에서 뛰느냐고, 혹은 왜 계단에서 걷느냐고, 하루에도 몇 번씩 경고와 벌점을 받아야 했다. 그중에서도 지우가 제일 싫은 교칙은 4번이었다.

"아니, 화장실 갈 때마다 왜 손뼉을 쳐야 한다는 거야? 나 지금 볼일 본다고 광고하라는 거야, 뭐야? 손뼉 칠 때마다 복도에 있는 애들이 다 쳐다보잖아!"

사실 이 교칙은 여학생들 모두가 싫어했다. 일부러 소리가 안 나게 대충 치고 들어가는 아이들이 많았지만, 문 옆에서 감시하고 있던 선생님들이 바로 지적했다.

"교칙은 초반에 버릇을 들여 놔야 익숙해져! 이번 주 내내 감시한다! 소리가 작다! 짝! 소리가 나게 크게, 크게 쳐라!"

어쩔 수 없이 손뼉을 크게 쳐야 했다. 소심한 아이들이 쉬는 시간에 화장실을 못 가고 수업 시간에 얼굴을 붉히면서 손 드는 경우가 한두 번이 아니었다.

지우는 교칙이 정말 마음에 안 들어서 몇 번이고 이유를 물었지만, 어느 누구도 시원한 대답을 해 주는 사람이 없었다.

금석이 추측했다.

"혈액 순환이든 뭐든 효과가 있지 않겠냐? 인간은 원래 볼일 볼 때 몸의 온도가 급변하잖아. 큰일 보면 혈압도 달라지고. 그런 것들과 관련이 있겠지. 아무렴, 인공지능이 하는 일인데."

지우로서는 '말도 안 돼.' 소리가 나올 수밖에 없는 이유였다. 아무리 생각해도 로봇 교장의 새로운 교칙은 부조리했다. 참다못한 지우는 기어이 월요일 아침에 폭발하고 말았다.

"지우야, 일어나! 학교 가야지!"

"으으… 엄마 10분만 더 잘래…"

"월요일 등교 시간 30분 빨라졌다면서? 어서 일어나!"

"윽."

지우는 로봇 교장 훈화 때문에 일찍 학교에 나가야 하는 것부터 열 받기 시작했다. 운동장에 줄 서는 것도 귀찮았고, 로봇 교장이 10분 이상 지각하는 것도 마음에 들지 않았다. 그래도 거기까지는 참을 수 있었다. 단상에 오른 로봇 교장의 행태는 참을 수 없었다.

저번 주 내내 학생들의 교내 교칙 준수 데이터를 수집했습니다. 가장 교칙을 잘 지킨 학생을 발표합니다. 3학년 5반 정재준 학생입니다. 올라와서 상을 받아 가세요.

호명된 아이는 로봇 교장이 직접 작성한 상장을 받았다. 지우는 저게 뭔 상인가 싶었지만, 문제는 그다음이었다.

저번 주에 교칙을 가장 많이 어긴 학생을 발표합니다. 2학년 1반 지우 학생입니다.

"억?"

앞으로는 교칙을 잘 지키라는 의미로 응원하겠습니다.

말이 끝나자마자 로봇 교장의 몸에서 나온 드론이 지우 머리 위로 날아와 색종이 가루를 뿌렸다.

"으익!"

전교생이 지우를 쳐다보았다. 반짝이는 색종이들이 지우를 둘러쌀 때, 지우 얼굴이 시뻘게졌다.

"으… 으… 더는 못 참아!"

훈화 시간이 끝나고 교실로 돌아간 지우는 친구들을 불러 모았다.

"다 함께 항의해서 저 이상한 교칙을 없애야 해! 너무 부조리하잖아! 교칙 수정 위원회라도 만들자! 내가 위원장 할게. 반장! 부반장! 다 나와!"

아이들은 모두 지우의 말에 고개를 끄덕였지만, 직접 나서겠다고 하는 아이는 없었다. 결국, 지우가 강제로 끌어들인 환희와 금석만이 교칙 수정 위원으로 임명되었다.

지우는 곧장 두 사람에게 지시했다.

"일단 서명 운동부터 할 거니까, 금석이가 프린트 해 오고, 환희는 대자보 만들어. 내가 아이들 서명 받는다. 목표 100명!"

"꼭 이렇게까지 해야 하냐?"

"너, 아닌 건 아니라고 말하라고 배웠지? 이건 명백하게 아닌 거야!"

지우의 강렬한 눈빛에 두 친구는 따를 수밖에 없었다. 다음 날, 지우는 온 교실을 돌아다녔다.

"여기 서명 좀 부탁해! 새로 생긴 교칙이 말도 안 된다는 거 공감하지? 내가 총대 메고 항의한다!"

지우는 점심시간이 끝나기 전에 100명의 서명을 받아, 곧장 교무실로 달려가서 제출했다.

"선생님! 교칙이 부조리하다고 생각하는 학생들이 이렇게나 많습니다! 이거 좀 어떻게 해 주세요!"

"뭐? 어휴, 지우 또 너냐?"

담임은 한숨을 내쉬며 지우가 받아 온 서명을 확인했다.

하지만 고개를 저었다.

"전교생이 서명한다 해도 교칙은 안 바뀐다."

"예? 아니 그런 부조리가 어딨어요?"

"교칙을 바꿀 거면 로봇 교장님을 왜 모셨겠니?"

"으으, 아무리 봐도 이 교칙은 이상하잖아요?"

"이상해 보여도 다 너희의 성적 향상, 건강, 인성에 보탬이 되는 교칙들이다."

"그걸 이해할 수가 없다니까요?"

"인간이 이해할 수 없으니까 인공지능이 대단한 거지. 됐다, 됐어. 어떻게 해도 교칙은 무조건 지켜져야 하니까 그만 가 봐라. 수업 시작하겠네."

지우는 울상을 짓고 교무실을 나섰지만, 포기할 순 없었다. 복도에 선 지우는 학생이 함부로 들어갈 수 없도록 되어 있는 '교장실' 문패를 노려보았다.

'서명 운동으로 안 된다면, 직접 부딪히는 수밖에.'

"교장 선생님!"

허락도 없이 교장실 안에 들어선 지우는 로봇 교장의 위치를 눈으로 좇았다. 잠깐 공기 청정기가 로봇 교장인가 싶었지만, 로봇 교장은 책상 뒤에서 나타났다.

무슨 일인가요? 지우 학생

지우는 자신의 이름을 아는 것에 움찔했지만, 로봇이니까 오히려 전교생의 안면 인식이 끝났겠구나 싶었다.

"할 말이 있어서 왔어요. 교칙 좀 없애 주면 안 돼요?"

지우의 말에, 로봇 교장은 리본처럼 펄렁이는 팔을 으쓱했다.

교칙을 없애 달라는 건 학생이 요구할 수 없는 사항입니다.

"아니, 교칙이 너무 말도 안 되잖아요?"

교칙을 많이 어긴 학생일수록 교칙에 대한 불만이 큽니다. 지우 학생은 대표적인 교칙 불이행 학생입니다. 주의가 필요하겠습니다.

"예? 주의가 아니라요, 교칙에 문제가 있다니까요?"

재학생 92퍼센트 이상이 교칙을 성실히 지키고 있습니다. 이상한 교칙이라면 이런 퍼센티지가 나올 수 없습니다.

"지키라고 하니까 지키는 거지, 좋아서 지키는 게 아니라니까요?"

지우가 답답해하던 그때, 교장실 문이 열리며 교감이 들이닥쳤다.

"뭐야! 이 녀석이 지금! 아이고, 교장 선생님 죄송합니다!"

황급히 지우를 끌어낸 교감은 목에 핏대를 세우며 혼을 냈다. 지우는 그저 고개를 숙였는데, 자신 때문에 담임선생님까지 욕을 먹자, 더 고개를 들 수 없었다.

다신 그러지 않겠다고 약속한 지우는 교실로 돌아가 힘없이 자리에 엎드렸다.

옆자리 환희가 걱정스러운 얼굴로 물었다.

"잘 안됐어?"

"어휴, 답이 없다. 직접 로봇 교장까지 만나 봤는데, 말이 안 통해. 우리가 어떻게 해도 절대 교칙을 안 바꿀 거야, 그 교장."

"어쩔 수 없지 뭐. 원래 안 되는 일이었다고 생각해."

"아으으, 뭐 이래…."

책상에 고개를 묻고 우울해하는 지우의 모습에 환희의 표정이 안쓰러워졌다.

똑같이 그 모습을 지켜보던 금석이 다가와 조심스럽게 말했다.

"우리 형한테 한번 물어볼까?"

"뭘?"

환희가 되묻자, 금석이 말했다.

"우리 형 화이트 해커인 거 알지? 인공지능 쪽 직장도 다녔었고. 혹시 우리 형이라면 교장의 인공지능을 수정할 수 있을지도 몰라."

벌떡 몸을 일으킨 지우가 금석을 돌아보았다.

"뭐? 정말?"

금석이 머리를 긁적이며 고개를 끄덕였다.

지우의 표정이 밝아졌다.

"오늘 방과 후에 다 같이 금석이네 집으로 간다!"

"뭐? 오늘?"

"그럼!"

기뻐하는 지우를 보며 금석은 고개를 끄덕일 수밖에 없었다.

방과 후, 지우는 금석의 형에게 로봇 교장의 사진을 보여 주었다. 형은 고개를 끄덕였다.

"아, 이 모델이야? 알지. 아마 E형 인공지능이 들어가 있을걸."

"그럼, 혹시 이 인공지능을 조정할 수 있어요?"

"왜?"

"그러니까 왜냐하면요….'

지우는 열성적으로 교칙 이야기를 떠들었다.

이야기를 들은 형도 어이없어했다.

"뭐 그런 교칙이 다 있지?"

"방법이 있나요?"

"글쎄? 고민을 좀 해 봐야겠는데?"

"제발 부탁해요, 네? 모교잖아요. 후배들이 그런 말도 안 되는 교칙을 지키면서 지낸다니까요!"

"그래그래, 알았다. 금석이를 봐서라도 내가."

"아, 형!"

"알겠어, 알겠다고."

금석의 형은 모종의 방법을 약속했고, 며칠 뒤에 USB를 내주었다.

"이 USB를 꽂아 두면 교칙이 바뀔 거다. 문제는 직접 꽂아야 한다는 건데, 포트가 숨겨져 있어서 말이야. 로봇 허리에 펄럭이는 링 있지? 그 링 아래 겨드랑이 같은 곳에 숨겨져 있어. 평소에는 보이지 않는 위치라, 링을 잡고 들어 올려야만 보여. 꽂을 수 있겠어?"

지우는 일단 자신 있다며 USB를 받아 왔다.

그리고 셋이서 고민했다.

"어떻게 꽂지? 내가 저번에 교장실에 쳐들어갔던 것 때문에 접근이 더 어려워졌어."

"맞아, 너 때문에 학생들은 로봇 교장에게 절대 접근하지 못하게 됐잖아."

"윽."

"로봇 교장은 교장실에서 잘 나오지도 않는데…"

어깨를 으쓱한 금석이 말했다.

"그럼, 뭐 답은 하나밖에 없네. 월요일 훈화 말씀 시간에 꽂는 수밖에."

"뭐? 전교생 앞에서? 선생님들도 다 보는데?"

환희는 부정적이었지만, 지우는 그거라며 손뼉을 쳤다.

"아주 좋은 방법이야! 상장 받을 때 급습하면 되겠다!"

"뭐?"

"일주일 내내 교칙 가장 잘 지키는 학생에게 상장 주잖아! 그 거 받을 때 덮쳐서 꽂아 버리는 거야!"

"세상에, 그걸 어떻게 해?"

"내가 해낸다!"

"네가 1등을 할 수 있겠어?"

"못 할 거 뭐 있어? 목표가 생겼는데!"

지우의 눈빛이 이글이글 불타올랐다. 그날부터 지우는 철저하게 교칙을 준수했다. 혹시 실수할까 봐 지우개를 들고 다니지도 않았고, 계단을 앞두고서 무조건 멈추는 습관을 들였다. 화장실에 들어갈 때도 누구보다 크게 손뼉을 쳤다. 어찌나 큰지 놀라는 아이들도 있었다.

'짝!'

"깜짝이야!"

"나, 화장실 가잖아. 하하하."

다음 주 월요일 아침. 운동장에 선 지우는 USB를 손에 꽉 쥐고 단상을 올려다보았다. 그러나 곧 실망해야 했다.

저번 주 내내 학생들의 교내 교칙 준수 데이터를 수집했습니다. 가장 교칙을 잘 지킨 학생을 발표합니다. 3학년 3반 공치열 학생입니다. 올라와서 상을 받아 가세요.

교실로 돌아온 지우는 환희에게 투정을 부렸다.

"왜 내가 아닌 거야? 얼마나 잘 지켰길래?"

"3학년은 내신 때문에 다들 교칙을 철저하게 지킨다잖아."

"나도 철저하게 지켰는데! 혹시 나 찍힌 거 아냐?"

"글쎄다."

그때, 생각에 잠겨 있던 금석이 말했다.

"교칙 준수 기준 알고리즘이 너무 단순해서 그런 거 아닐까?"

"무슨 말이야?"

"모두가 완벽하게 교칙을 지키면 1등을 가릴 수 없잖아. 그러니까 단순하게 포인트를 매기는 거일 수도 있어. 지키는 행위 한 번당 포인트를 매겨서 모두 합한 점수로 1등을 가리는 거지."

"오?"

"이러면 어떨까? 인공지능은 어차피 숫자만 보잖아. 네가 쉬는 시간 내내 손뼉 치면서 화장실을 수십 번 들락거리면 그 횟수 모두를 점수로 쳐 주지 않을까?"

지우는 설마 하는 생각이었지만, 쉬는 시간 내내 화장실 문턱을 넘으면서 손뼉을 쳐 댔다.

'짝! 짝! 짝! 짝! 짝! 짝! 짝! 짝!'

아이들 구경거리가 되었지만, 개의치 않았다.

지나가던 선생님이 물어도 마찬가지였다.

"뭐 해? 시위하냐?"

"운동해요."

"별…."

종일 그렇게 화장실을 들락거린 지우는, 혹시 몰라 다음 날에는 1층 계단 오르내리기를 반복했다. 물론 철저하게 걸어서.

이윽고 다음 주 월요일 아침. 지우는 단상을 올려다보면서 설마설마했다.

드디어 로봇 교장의 발표가 시작되었다.

저번 주 내내 학생들의 교내 교칙 준수 데이터를 수집했습니다. 가장 교칙을 잘 지킨 학생을 발표합니다. 1학년 2반 지우 학생입니다. 압도적으로 잘 지켰습니다. 올라와서 상을 받아 가세요.

"헐! 그게 먹힌 거야?"

지우는 황당해하면서도 곧 정신을 집중했다. 손에 들린 USB를 꽉 쥐고 단상으로 향했다.

'기회는 오직 한 번뿐이다.'

로봇 교장은 웃는 이모티콘으로 지우를 맞이했다.

지우 학생은 첫 주에 교칙 준수 꼴등이었죠? 이렇게 1등을 하다니, 지우 학생을 응원한 보람이 있네요. 자, 상장입니다.

지우는 허리를 굽히고 감격에 겨운 연기를 펼쳤다.

"감사합니다! 모두 교장 선생님 덕분이에요! 사랑해요!"

지우는 로봇 교장에게 달려들어 껴안았다. 멀리서 지켜보던 체육 선생님이 당황해서 뛰쳐나왔다.

"이 녀석! 무슨 짓이야! 떨어져!"

지우는 필사적으로 로봇 교장을 껴안고 더듬었다.

"정말 감사해서 그래요! 잠시만요! 잠시만!"

"이 녀석이!"

몇 초를 버티지 못하고, 지우의 몸이 뒤로 나뒹굴었다.

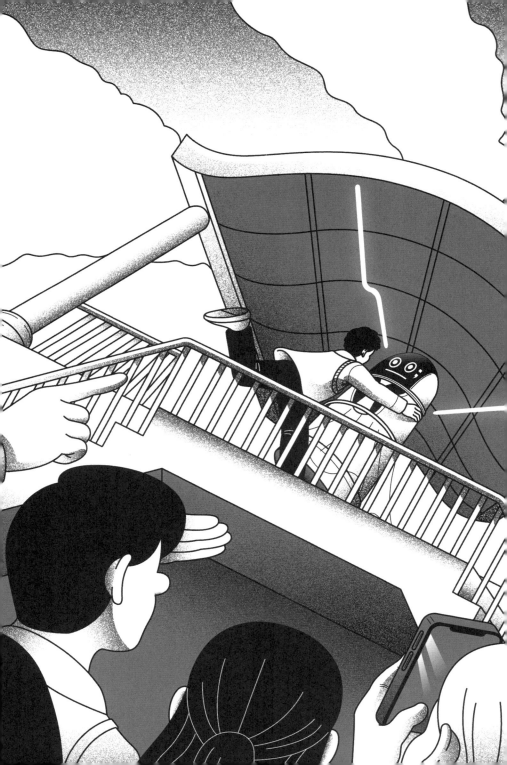

체육 선생님은 얼른 교장 선생님을 살폈다.

"교장 선생님! 괜찮으십니까?"

로봇 교장은 무표정한 이모티콘으로 움직임이 없었다. 체육 선생님의 안색이 바뀌기 직전, 이모티콘이 방긋 웃었다.

그래요. 내 덕분이라니 참 다행이군요.

지우는 몸을 털고 일어나서 다시 한번 허리를 굽혀 인사하고 도망치듯 단상을 내려갔다. 나중에 보자는 체육 선생님의 경고를 뒤로하고.

환희와 금석은 지우가 운동장에 내려오자, 얼른 다가가서 물었다.

"성공했냐?"

"꽂았어? 꽂았어?"

"그, 그게…."

지우는 어정쩡한 얼굴로 고개를 저었다.

"못 꽂았어…."

"아! 이런! 체육 쌤 때문에 못 꽂은 거야?"

"그게 아니라… 이거 좀 봐."

지우가 내민 손을 바라본 두 친구의 눈이 커졌다. 그곳에는 USB가 두 개 있었다.

"뭐야? 이게 왜 두 개야?"

"내가 꽂으려고 했는데, 이미 뭔가 꽂혀 있는 거야. 그래서 얼떨결에 그걸 뽑았지."

"뭐? 허! 이게 뭐지??"

어리둥절해진 셋은 USB의 정체를 추리하다가 한 가지 결론을 내렸다.

"그냥 금석이네 형한테 물어보자."

방과 후, 셋은 금석의 형에게 USB를 가져다주었고, 충격적인 이야기를 듣게 되었다.

"이거 내가 프로그래밍한 거랑 비슷한데? 교칙 수정 프로그램이 깔려 있네."

"예? 그럼…."

"그래, 너희 교칙은 이미 누군가 수정한 교칙이었단 말이지."

지우는 황당해서 자기도 모르게 소리를 질렀다.

"뭐라고요?"

"아니, 어떤 인간이 그딴 교칙을 일부러 만들어요?"

"글쎄, 원래는 그런 이상한 교칙이 아니었을 거다. 너희 학교로 오면서 환경이 변하는 바람에 새로운 교칙도 오류가 난 거겠지."

"으익."

인상이 일그러진 셋에게, 금석의 형이 위로하듯 말했다.

"그래도 잘됐네. 원래 비정상이었던 게 정상으로 돌아갈 테니까."

"네? 그럼 교칙이 바뀔 거라는 거예요?"

"아마도 그럴걸? 그 모델 점검 주기가 자정이니까, 내일이면 정상으로 바뀔 거다."

지우는 환호했다.

"와아!"

뭐로 가든 성공만 하면 된다. 지우, 환희, 금석은 다음 날 학교에서 벌어질 일을 상상하며 헤어졌다.

다음 날, 교실에 들어선 지우는 대자보 앞에 모여 있는 아이들을 발견했다.

'교칙이 취소됐구나!'

지우는 웃으며 달려갔다.

"교칙 없어졌지? 그렇지?"

대자보를 확인한 지우의 눈이 휘둥그레졌다.

기존 교칙을 다음과 같이 수정합니다.

1. 학생의 중앙 계단 사용을 금지합니다.
2. 3학년은 독서를 금지합니다.
3. 교복 위 패딩 착용을 금지합니다.
4. 양말과 속옷은 무늬 없는 흰색 외 금지합니다.

5. 학생 간의 교제를 금지합니다.

6. 가방끈을 길게 늘어뜨려 매는 것을 금지합니다.

7. 스마트폰 사용을 전면 금지합니다.

어이없게 대자보를 바라보던 지우는 고개를 돌려 환희와 금석을 바라보았다.

"이, 이게 뭐야?"

서로를 바라보는 셋의 표정은 말하지 않아도 알 수 있었다.

"무조건 금석이 형이 준 USB 다시 꽂아. 무조건!"

＊＊＊

"우리 학교 교칙, 진짜 황당하지 않아? 컵라면을 숟가락으로 먹지 말라는 게 무슨 의미야?"

"몰라. 복도에서 아이언맨 흉내를 내지 말라는 건 또 어떻고? 이상해."

복도에서 떠드는 신입생들을 바라보며 지우와 환희, 금석은 흐뭇한 미소를 지었다. 마치 너희가 뭘 알겠느냐는 듯, 커다란 유산을 남긴 조상님들의 표정으로.

우주를 건너온 사랑

박
애
진

이마에 차가운 물방울이 뚝, 떨어진다 싶더니 무슨 일인지 파
악하기도 전에 하늘 전체가 꼭지 열린 샤워기라도 되는 양 물줄
기가 쏟아졌다.

　'시스템에 심각한 문제라도 생긴 건가? 나 여기서 죽는 거야?
행성 전체에 날 아는 사람이라고는 한 명도 없는 곳에서? 여기
이름이 뭐였지? 험다? 험다는 지구의 라스베이거스 같은 행성이
라고 하지 않았어? 관광 행성에서 이런 오류가 발생해도 되는 거
야?'

　하늘에서 쏟아지는 물을 맞는 것도 경악할 노릇인데 그보다
더 큰 공황에 빠질 일이 발생했다.

허용치 이상의 습도에 노출되었습니다.
습기를 차단하세요.

'습기를 어떻게 차단해? 하늘에서 물이 쏟아지고 있는데? 설마, 테러인가? 요새 험다 이슈가 뭐였지? 클론 차별? 그게 테러까지 벌일 정도로 심각한 문제였나?'
1초도 걸리지 않는 동안 온갖 상상과 공포가 떠오르고 다음 알림이 귀에 들어왔다.

엔카 v103 일시적으로 종료됩니다.
습기를 차단하고 반드시 점검을 받은 후 재시동하세요.

가장 먼저 거리에 있는 간판들을 공용어로 번역해 주던 글자가 사라졌다. 이어서 내 위치를 표시하는 붉은 점이 한두 번 깜빡이다가 꺼졌다. 눈앞에 있는 많은 길 가운데 내가 갈 방향을 안내해 주던 내비게이션도 사전 안내 한 번 없이 없어졌다. 그 밖에 모든 정보창이 한순간에 닫히면서 눈앞에 보이는 건 읽기 어려운 글자로 가득 찬 현란한 간판, 롤러코스터처럼 하늘을 가로지르는 스카이 로드에서 달리는 차, 아무 일 없다는 듯 걷는 사람들뿐이었다. 왜 다른 사람들은 다 아무렇지도 않아 보이는 거지? 험다에서는 이런 일이 일상적이기라도 한 건지 혼란스러웠다.

'엔카, 엔카? 엔카!'

시스템은 생각만으로도 작동시킬 수 있었다. 절박하게 엔카를 불렀으나 정전 상황에 전원 스위치를 켜는 것처럼 마음속 소리만 공허하게 울렸다. 나는 겁에 질려 사방을 두리번거렸다. 가까운 건물 문 위에 쏟아지는 물을 막아 줄 뚜껑이 달린 게 보였다.

'아까 정보 창에서 저걸… 차양! 그래, 차양이라고 했지.'

나는 차양 아래로 달려갔다. 일단 물을 피하자 정신이 조금 돌아왔다. 그제야 다른 사람들은 모두 차양 달린 모자를 쓰고 있는 모습이 눈에 들어왔다. 하늘에서 쏟아지는 물도 사람들을 적시지 않고 그냥 흘러내렸다. 옷과 모자가 특수한 재질로 된 것 같았다.

내가 서 있는 건물에서 두 사람이 나왔다. 둘의 목덜미에서부터 무언가가 위아래로 덧씌워지는 게 보였다. 머리에는 차양 달린 모자가, 옷 위에는 얇은 막 같은 게 입혀졌다. 둘은 그 상태로 하늘에서 물이 쏟아지는 거리로 들어갔다.

검색을 지시했으나 반응이 없었다. 엔카 v103이 꺼졌으니 당연한 일이다. 잠잘 때도 켜 놓는 엔카가 꺼지자 망망대해에 뜬 낙엽이 된 것처럼 막막해졌다.

"아 씨, 우비 왜 또 말썽이야?"

내 또래로 보이는 여자아이가 내 옆으로 뛰어 들어와서 물을 털었다. 어깨와 목에는 흰 레이스가, 허리에는 커다란 리본이 달린 화려한 원피스를 입고, 코가 둥글고 윤기가 흐르는 검은 구두

와 검은 스타킹을 신었는데 스타킹은 망사 간격이 넓고 올이 두꺼웠다.

내가 태어나서 본 세상이라고는 탐사선 파인딩 시아와 페가수스 우주 정거장이 전부였지만, 그래도 아이의 옷차림이 꽤 특이하다는 건 알 수 있었다.

'저 옷은 독이 있는 식물이나 동물이 화려한 색으로 자기를 건드리지 말라고 하는 경고 같은 걸까, 아니면 비슷한 부류끼리 서로를 알아볼 수 있는 독특한 표식일까?'

그 애는 개인 시스템에서 필요한 걸 검색하고 있는 사람 특유의 초점 없는 눈동자로 무언가에 집중하기 시작했다. 요란한 차림이 아니더라도 개인 시스템에서 검색 중인 사람에게 말을 거는 건 분명 부담스러운 일이었다. 하지만 나는 그 애를 부르지 않을 수 없었다. 그 애 입에서 공용어가 나왔으므로.

"저기, 지금 하늘에서 난리가 나는 바람에…."

신경질적인 눈빛에 이어, 옷 입은 채 샤워한 내 꼴을 훑은 그 애의 입에서 차가운 목소리가 나왔다.

"난리? 뭐라는 거야, 비 처음 봐?"

"비?"

무의식적으로 엔카에서 비가 무엇인지 검색하려 했으나 물론 아무 반응도 돌아오지 않았다. 이렇게 낯설고 무기력한 상황에 내팽개쳐지다니. 나는 혼자 있기를, 나를 아는 사람이 아무도 없는 곳에 가기를 갈망했다. 그렇다고 엔카마저 작동하지 않는 상황을 바랐던 건 아니었다. 그런 상황은 상상조차 하지 않았다.

'비라고?'

그러고 보니 자연 과학 수업 시간에 이런 현상을 들은 기억이 어렴풋이 떠올랐다. 비, 바람, 대기가 있는 행성의 자연 순환 시스템. 영화와 다큐멘터리에서도 보았다. 다만 그때까지 내가 아는 비는 화면 속에서만 존재했다. 그게 실제로 내 몸을 젖게 하거나 엔카를 종료시킬 줄은 몰랐다.

할 말 다 했다는 듯 돌아선 그 애가 건물 안으로 들어가려 했을 때였다.

"저기 있잖아!"

아이를 놓치고 나면 어디서 공용어를 쓰는 사람을 만날지 모를 일이었다. 엔카를 쓸 수 없으니 당연히 통역기도 작동하지 않았다.

"나 험다중앙공연장에 가야 해. 거기서 일하기로 했거든. 가는 법을 알려 줄 수 있을까? 비 때문에 엔카, 그러니까 내 시스템이 꺼졌어."

그 애의 발이 멎었다. 그러나 여전히 뒷모습인 채로 짐짓 이럴지 말지 생각하는 시늉을 하더니 내 쪽으로 상체만 돌렸다.

곧 그 애의 이맛살이 좁혀졌다.

"정보 교환 신청 왜 수락 안 해?"

나는 금방 한 말을 반복했다.

"비 때문에 내 시스템이 꺼졌어."

"아예 꺼졌다고?"

"응, 작동되는 게 하나도 없어."

"몇 시까지 가야 하는데?"

"5시."

"지금 1시니까 아직 여유 있네. 밥은 먹었어?"

"아직."

그 애는 마치 따라오라는 듯 문을 열었다. 나는 얼결에 같이 들어갔다.

"나 아침도 안 먹었어. 일단 뭐 좀 먹자."

"어."

그제야 우리가 들어간 곳이 식당이라는 걸 알았다. 하지만 뭘 파는 곳인지는 알 수 없었다. 엔카가 꺼지자 생물학 기초의 인간 수업에서 본, 부모 없이는 아무것도 못 하는 갓난아이가 된 것 같았다. 나는 이제 선천적으로 내게 주어진 감각으로만 정보를 얻어야 했다. 다행이라면 굳이 의식하지 않아도 신체 시각 체계, 눈이 알아서 반응하며 뇌에 정보를 보낸다는 점이었다.

식당 안에는 총 스무 개 정도의 테이블이 있었고, 네다섯 테이블이 차 있었는데 모두 창가 아니면 구석 자리였다. 우린 유일하게 비어 있는 창가 자리에 가서 앉았다. 내게는 아무것도 묻지 않은 채 그 애는 시스템을 통해 무언가를 주문했다. 슬쩍 다른 사람들이 먹는 걸 보니 햄버거 가게였다.

그 애가 물었다.

"이름이 뭐야?"

"소피아. 생물학적 나이는 열여섯 살이야. 시스템 나이도 같아."

애써 가볍게 대답했다. 시스템으로 정보를 교환하지 않고 입으로 이름과 나이를 말하자니 어색했다. 그 애는 내가 자기 정보를 인식하고 놀라길 바라는 듯, 초롱초롱한 눈빛으로 날 쳐다보았다.

"나, 네 정보 안 떠. 엔카가…."

"아, 그렇지! 난 임채림이야. 나도 생물학적 나이는 대충 열여섯 살일 거야."

채림은 무언가 극적인 걸 노리는 듯 잠시 입을 다물었다가 어깨를 한껏 추켜올리며 뒷말을 이었다.

"내 시스템 나이는 마흔여섯 살이야!"

"아, 어…. 네가 태어난 행성 시간 기준이야?"

"응, 난 지구 출신이거든!"

"아…."

내게 특정한 반응을 기대하는 것 같은데 그게 뭔지 알 수가 없었다. 다행히 채림이 바로 말을 이었다.

"법적으로 성인이란 말씀. 난 이제 뭐든지 해도 돼! 자유라고!"

"그렇구나."

발랄한 종소리가 울리더니 천장에 있는 무빙 로드를 따라 음식이 와서 우리 앞에 놓였다. 김이 모락모락 나는 두툼한 햄버거, 감자튀김, 샐러드, 음료 세트 두 개였다.

나는 조심스럽게 말했다.

"비싸 보이는데?"

경제관념이라는 게 없는 나지만 험다에 가면 뭐든 돈이 드니 아껴 쓰라는 말을 듣고 왔다. 자연 순환 체제나 험다 내부 시스템보다 돈에 대한 교육 시간이 훨씬 더 길었다.

"괜찮아. 나, 매일 이거 100개씩 먹을 돈 있어. 갚으라고 안 할 테니 마음껏 먹어. 옷깃만 스쳐도 인연이라는 말이 있잖아. 들어 봤어?"

"응."

옷깃만 스쳐도 인연이라는 말뜻을 설명하고 싶었던지 채림의 얼굴에 잠시 실망한 빛이 스쳤지만 금세 사라졌다. 채림은 햄버거를 들고 먹기 시작했다. 키는 158센티미터 정도, 체중도 50킬로그램 정도일까. 작은 체구에 입도 작은데 두툼한 햄버거를 하나도 흘리지 않으며 잘도 먹었다. 많이 먹어 본 것 같았다.

나는 햄버거를 먹고 싶지 않았다. 그것도 이렇게 세트로 거하게 나오는 건 더더욱 말이다. 반만 먹으려고 했는데, 아침도 샐러

드로 때운 데다 앞에서 채림이 워낙 잘 먹으니 나도 덩달아 식욕이 돋았다. 결국 샐러드만 조금 남기고 감자튀김까지 다 먹어 버렸다.

"시스템 뭐 써? 엔카? 처음 듣는데."

"그럴 거야. 페가수스 우주 정거장에서 쓰는 거니까."

"페가전에서 왔어?"

"페가전?"

"페가수스의 페가, 정거장의 정, 페가정, 페가전."

"페가정이 아니라 페가전?"

"페가전제품. 그러니까 고물이란 뜻이야."

"아…."

페가정을 고물이라고까지 부르는 건 심했다. 그렇다고 고물이라고 불릴 만한 이유가 전혀 없는 건 아니었다.

"이거 먹으려고 아침도 굶었잖아. 포장도 안 되고 한 사람당 하루에 한 번밖에 못 시키는데, 8할 이상은 반드시 먹어야 하거든. 다 먹어 줘서 고마워. 추첨권은 내가 가져도 되지?"

채림은 분명 공용어를 쓰는데도 무슨 뜻인지 와 닿지 않았다.

"레지나 홀로마이드(홀로그램과 브로마이드의 합성어) 추첨권 말이야."

"아, 이걸 시켜야 추첨권을 준다는 말이구나! 마음대로 해. 레지나 팬이야?"

"넌 아니야?"

채림의 얼굴에 작은 실망과 큰 기쁨이 교차했다. 팬이라면 서로 통할 이야기가 많을 터인데 그렇지 않아서 실망스럽고, 팬이 아니라니 자기가 추첨권을 둘 다 가져도 된다는 생각에 기뻐하는 것 같았다.

"음, 근데 시스템이 먹통이 됐다고? 무슨 시스템이 비 온다고 맛이 가. 뭐 써?"

나는 귀에 건 귀걸이와 팔목에 찬 얇은 시계를 가리켰다.

"아무리 외장형이라도 그렇지, 비 좀 온다고 꺼져? 샤워할 때는?"

"폐가전에서는 샤워실에 들어가면 덮개가 작동돼."

"아, 폐가전은 비가 안 오니, 그게 효율적이겠구나."

왜 외장형을 쓰는지 채림이 묻지 않아서 나는 안도했다.

"줘 봐."

채림은 내가 건넨 귀걸이와 시계를 요리조리 스캔해 보더니 돌려줬다.

"재시동해도 돼. 점검 어쩌고 뜨면 무시해. 아무리 폐가전 물건이라고 해도 잠깐 온 비에 노출된 걸로 고장 안 나."

채림의 태도가 워낙 자신만만하기도 했고, 나도 그 정도로 손상될 것 같지는 않아서 재시동을 했다.

습기 노출 후 점검받지 않았습니다. 계속하시겠습니까?

나는 계속했다. 눈앞에 우리가 있는 식당 이름, 위치, 내비게이션이 하나둘 뜨기 시작했다. 엔카가 꺼진 건 아주 잠시였을 뿐인데도 빛도 없는 미로를 3박 4일간 헤매다 출구를 발견한 것 같은 안도감이 몰아쳤다.

남은 샐러드를 뒤적이며 채림이 물었다.

"거기서 뭐 해?"

"험다중앙공연장에서?"

"응."

"레지나, 쉬엔의 합동 콘서트 준비 스태프로 일해."

표정을 감추고 싶은 것처럼 채림은 샐러드에 시선을 고정한 채로 고개만 끄덕였다.

잠시 후 채림이 나를 보며 평온한 목소리로 말했다.

"나랑 연결해. 내가 우비 앱 보내 줄게."

"어? 어."

나는 채림의 시스템과 연결을 시도했다. 기본 시스템이 달라서 연결이 잘 되지 않았다. 주도권을 넘겨받은 채림이 이런 일에 익숙한 태도로 여러 가지 방법을 시도했고, 그중 하나가 먹혔다.

"덮개 반응 속도, 습기 차단 강도랑 시간도 올렸어. 이제 비 온다고 꺼지지 않을 거야."

"살았다아."

"우비 앱도 깔았어. 테스트해 봐."

우비를 불러내고 실행을 지시하자 몸에 얇은 막이 드리워지고 머리에 차양이 달린 모자도 씌워졌다.

"그건 기본형이고 디자인을 바꿀 수 있어."

우비의 디자인을 따질 때가 아니었다. 마지막으로 검색했을 때 여기서 공연장까지는 한 시간이면 도착할 거리였다. 그러니 아직 시간은 넉넉한데도 또 무슨 사고가 터질지 모른다는 생각에 빨리 공연장으로 가고 싶어졌다. 그렇지만 여러모로 도움을 받은 처지에 거절하기도 곤란했다.

채림은 망설임 없이 진노랑색 우비를 골랐다. 더 무시무시한 것도 상상했던 터라 그 정도면 무난하다고 생각했다. 등 뒤에 레지나 아이콘이 박혀 있다는 걸 안 건 아주 나중의 일이었다.

"도와줘서 고마워."

"아냐, 나도 덕분에 추첨권 두 장이나 얻었잖아. 그리고 나도 처음 험다에 왔을 때 너처럼 고생했었거든."

페가수스 우주 정거장에서 수신된 메시지가 있습니다.

"아, 잠깐만."

나는 세 시간에 한 번씩 내 위치 정보, 현재 상황 문답서(현상문)를 작성해서 초공간 통신소에 보내야 했다. 다 내가 미성년자이기 때문에 발생하는 일이었다. 시스템 나이가 성인이라는 채림이 부러웠다.

이번 문항은 길었는데, 현상문을 작성해 보낼 시각에 엔카가 꺼졌던 탓이었다.

위험한 상황에 처했었습니까?
건강상 이상 징후는 보이지 않습니까?
현지 적응에 어려움은 없습니까?

현상문을 전송하는 데 짧게는 30분, 길게는 한 시간이 걸리니 죽을 맛이었다. 험다에 도착한 건 오늘 오전 7시경이었다. 도착 수속을 채 마치기도 전에 현상문을 보내라는 알람이 떴다. 수속과 현상문을 동시에 진행하자니 머리가 터질 것 같았다. 수속을 마치는 데 세 시간이 지나서, 다시 현상문을 보내고 험다 우주항을 나와 잠깐 주변에 한눈 좀 팔았을 뿐인데 그새 세 시간이 또 지났다.

폐가전에서 현상문 작성에 대한 설명을 들었을 때는 좀 귀찮은 일 정도로만 받아들였었다. 거기서는 현상문을 작성하는 데 5분, 길어야 10분밖에 걸리지 않았기 때문이다.

험다는 폐가전에서 15만 광년이 떨어진 행성이었다. 엔카와 함께 다른 행성에 갔던 이들이 있긴 했지만, 험다는 내가 처음이었다. 그렇다 보니 험다의 시스템과 엔카의 시스템이 잘 호환되지 않아 시시때때로 먹통이 되어 오래 걸리는 것이다.

빨리 공연장에 갈 걸 괜히 미적거렸다는 후회가 밀려왔다. 공연장에 도착해서 내게 지정된 보호자가 생기면 현상문이 하루에 한 번으로 줄 것이었다.

정해진 시간에 연락되지 않은 이유를 설명하느라 문항이 길고 과정이 복잡했는데 다 하고 나니 20분밖에 지나지 않았다. 채림이 호환이 잘되도록 손봐 준 것이다. 생색도 내지 않고 말이다. 나같으면 처음 보는 사람에게 밥을 사 주고, 시스템까지 손봐 주는 친절을 베풀 수 있었을까. 갑자기 채림이 수상쩍어졌다.

"미안, 오래 기다렸지."

현상문에 대한 푸념에 가까운 설명을 들은 채림이 "흐음." 하며 남은 음료를 빨대로 빨았다. 거의 다 마셨는지 뽀그르르 소리가 났다.

"그거 해결할 방법이 있긴 한데…."

"있다고?"

"험다는 태어난 행성 시간으로 나이를 계산해. 나도 험다에 갓 도착했을 때는 미성년자였어. 그래서 Jg-181에 갔지. 거긴 열세 살이면 성인으로 치고, 행성 개척비 명목으로 이주료를 내면 바로 행성인으로 등록해 주거든."

엔카가 Jg-181은 여기서 5만 광년 떨어진 행성이라고 알려 주었다.

"열세 살부터 성인으로 친다고?"

"응. 그래야 열세 살 애랑 결혼할 수 있잖아."

다물어질 줄 모르는 내 입을 보며 채림이 말을 이었다.

"어쩐지 뭔가 찜찜하더라니. 성인 등록하면서도 마음이 편하지 않더라고. 그래서 내 수익의 1퍼센트를 Jg-181의 조혼 금지 단체에 기부하기로 했지. 5년 전까지만 해도 열한 살부터 성인으로 쳤는데, 조혼 금지 단체에서 싸우고 싸워서 열세 살로 올린 거야. 더 올리려고 지금도 투쟁 중이고."

투쟁이라는 단어가 괜히 심장을 울렁거리게 했다.

"Jg-181에서 성인으로 인정받은 뒤 험다로 돌아왔어. 그래서 시스템 나이로 마흔여섯 살, 어디서도 성인으로 인정받는 나이가 된 거지."

채림의 양 어깨가 지구 역사 홀로그램에서 본 뾰족탑처럼 위로 솟았다.

"난 폐가전 소속이야. 폐가전에서 허락해 주지 않으면 타 행성인이 될 수 없어. 이주료 낼 돈도 없고."

"임시 보호자를 등록하면 되잖아. 험다는 자격 있는 성인이 임시 보호자가 될 수 있거든. 여기서 말하는 자격이란 첫째, 시스템 나이로 성인일 것, 둘째, 합법적인 경제력이 있을 것. 애를 팔아넘기는 인신매매범이 아니라는 증명이지."

"합법적인 경제력이 있어?"

"내 계좌 보여 줄게. 이게 험다에 낼 세금 다 낸 합법적인 수익이야."

채림이 내게 자기 계좌를 공유했다.

"미안해, 난 이 돈이 얼마만큼의 가치인지 몰라."

폐가전에서 일하는 사람들이 월급을 받는다는 건 알았다. 하지만 나는 미성년자이고, 폐가전에서 임시로 보호받는 처지라서 월급이 나오지 않았다. 그리고 다른 폐가전 직원들처럼 음식, 개인 공간, 의복 등등을 모두 무료로 제공받았다.

"햄버거 가격 검색해 봐."

나는 햄버거 가격을 검색하고 다시 채림의 계좌를 보았다. 하루에 100개씩 먹어도 된다는 말은 과장이 아니었다. 500개도 거뜬했다.

"지구 대한민국 서울의 강남에 있는 40평형 아파트 한 채를 살 수 있는 돈이야."

지구에 대해서는 수업 시간에 배웠다. 대한민국의 수도 이름이 서울이라는 것도 들으니 기억났다.

'강남은 지역명인가? 아파트는 뭐지?'

"네가 내 보호자가 되어 주려고? 그런데 나 그냥 스태프야. 콘서트 티켓 구할 능력 없어."

"너무하네! 내가 지금 티켓 때문에 이런다고 생각하는 거야?"

"오해해서 미안해. 근데 처음 만난 사이에 과하게 친절…."

"그래, 티켓 때문이야. 너 스태프랬지? 네가 공연 당일 공연장 관리만 맡으면 돼. 험다의 법률상, 피보호자인 미성년자가 일하는 곳을 보호자는 최소한 한 번은 방문할 수 있단 말씀."

솔직하게 말해 주니 차라리 마음이 놓였다.

'그럼 그렇지. 바라는 것도 없이 누가 초면에 이렇게 잘해 줘?'

"어느 부서에서 일하게 될지 몰라. 공연장 관리를 맡게 된다는 보장도 없고."

"확률이 얼마나 미약하든 그건 중요하지 않아. 나는 레지나를 직접 보기 위해서 지구에서 험다까지 100만 광년을 날아왔다고! 웜홀을 세 개나 지나서 말이야. 내가 지금 당장 지구에 돌아가도 지구는 60년이 흘러 있을 거야. 엄마고 친구고 뭐고 다 버리고 온 거야. 물론 엄마는 곧 없어질 예정이었고 친구는 원래 없었지만."

채림의 눈에 일순 독기 같은 게 보였다. 그리고 나는 채림이 자기 말에 어떤 반응을 하길 바란다는 걸 느꼈다. 엄마와 친구를 버리고 왔다는 대목이리라는 건 짐작할 수 있었으나 마땅한 리액션이 떠오르지 않았다.

"난 엄마가 없어서…."

굳이 거짓말할 건 아니어서 대답했지만 어쩐지 말을 제대로 맺지 못했다.

"우리 엄마는 서른다섯 살에 미혼모로 날 낳았어. 웜홀을 타고 우주를 날아다니는 시대가 왔는데도 미혼모에 대한 편견이 있다니까? 초등학교 때 짝꿍 엄마가 학교에까지 찾아와서 짝을 바꿔 달라고 했어. 미혼모의 딸이라는 게 무슨 전염병이라도 되는 것처럼, 나랑 짝을 하면 걔가 커서 미혼모가 되기라도 할 것처럼 말이야!

우리 엄마는 여행사에서 일했어. 그러다 날 낳느라 육아 휴직을 한 동안 진짜 전염병이 퍼진 거야. 한국만이 아니라 전 지구적으로 말이야. 그러니 여행사가 될 리가 없잖아. 엄마는 모아 둔 돈과 퇴직금을 탈탈 털고 대출까지 받아서 배달 전문 카페를 차렸어. 근데 사람들 생각하는 게 다 거기서 거기 아니겠어? 온 사방에 배달 전문 카페가 생겼고, 배달 안 하던 곳들도 배달을 하기 시작했지. 월세에, 배달 업체 수수료에, 다달이 대출 이자 내고 하다 보니 별로 남는 게 없는 거야. 엄마는 수제 초콜릿 만드는 법을 배워서 그것도 같이 팔기 시작했어. 매출이 좀 늘긴 했지만 수제 초콜릿을 만드는 노동 강도에 견주면 하찮은 돈이었지."

채림은 이를 갈았다. 말이 점점 빨라지고 눈빛도 그만큼 사나워졌다.

"그래서 나까지 부려 먹기 시작한 거야! 학원 하나 안 보내 주면서 말이야! 그러면서 뭐랬는 줄 알아? 공부하라고 잔소리 안 하고, 성적 안 따지는 걸 고마워하래.

레지나가 아니었으면 어떻게 버텼을지 모르겠어. 팬 아트를 그려서 팬 카페에 올리기 시작했는데 사람들 반응이 좋은 거야. 다들 나보고 '금손'이라면서 굿즈를 만들어 팔아 보라고 판매 루트랑 방법을 알려 줬어. 생판 모르는 사람들인데 같은 레지나 팬이라는 이유로 엄마보다 더 잘 챙기면서 격려해 주지 뭐야. 거기에 기대서 굿즈를 만들어 팔아 봤는데 잘되더라? 어느 순간부터 엄마보다 내가 돈을 더 많이 벌었어. 엄마한테는 일단 비밀로 했지. 엄마 생일에 놀라게 해 주려고 말이야.

그런데… 엄마가 날 포기하려고 했어! 나와 가족 관계를 끊으려고 했다고! 날 고아원에 보내는 방법을 알아보고 있더라니까? 그래서 내가 내 발로 엄마 인생에서 나와 줬어. 내가 엄마를 버린 거야!"

나는 가족 관계에 대해 직접적으로도 간접적으로도 알지 못했다. 폐가전 직원 중에는 서로 먼 친척은 있지만 직계 가족은 없었다. 그렇다 보니 이런 경우 해야 할 마땅한 말을 알지 못했다.

채림은 한바탕 쏟아 낸 뒤 다시 차오르길 기다리는 사람처럼 잠시 말이 없었다.

내가 미성년자로서 험다에서 인턴으로 근무하기 위해 작성한 수많은 서류들을 떠올리며 물었다.

"저기, 근데 지구에서는 미성년자였잖아."

"엄마가 자기 바쁘다고, 구청에서 한부모 가족이니, 미혼모 지원 사업이니 하는 걸 할 때마다 나한테 신청서를 쓰게 했거든. 그래서 엄마 개인 정보를 다 꿰고 있었으니, 엄마가 승인한 것처럼

서류를 만들기 쉬웠지. 나와 가족 관계를 끊으려고 한 것도 그래서 알게 된 거야. 숨기기라도 하든지! 사실 웜홀을 타기에는 돈이 부족했어. 그래서 그간 밀린 보수도 받았지."

엄마 돈을 슬쩍 했다는 말이라는 걸 이해하기 어렵지 않았다.

"지구를 떠나는 날짜가 잡히고 나니 심장이 저 혼자 줄넘기라도 타는 것처럼 발끝부터 머리끝까지 오르락내리락하는 거야. 계속 레지나 영상을 보고, 노래를 듣고, 활동을 보면서 팬 아트를 만들어서 올렸어. 그리고 힘다에 도착해서 보니까…!"

채림의 눈이 어둠 속에서 켠 미니 플래시처럼 빛났다.

"보니까?"

"조금 전 보여 준 계좌가 되어 있던 거야. 지구 시간으로 30년 전만 해도 레지나가 범우주적으로 인기가 있진 않았어. 내가 웜홀을 타고 오는 동안 우주 스타가 된 거지. 내가 만든 팬 아트들은 초기 활동 때 모습으로 만든 거라서 희소성이 있었던 거야. 그래서 엄청나게 판매가 됐지. 레지나가 날 살린 거야. 난 성덕 중의 성덕이 된 거야."

채림이 득의만만한 웃음을 지었다.

"그랬구나. 난 가수를 좋아해 본 적이 없어서 잘 몰라."

이상하게 이 말이 채림의 기분을 좋게 만든 것 같았다. 채림이 편안한 표정을 짓는 걸 보니 지금까지 나름 긴장하고 있었다는 걸 알 수 있었다.

"홀로그램 가수를 보러 여기까지 올 필요가 있었느냐고 하지 않아서 고마워."

"험다중앙공연장은 홀로그램 가수에게 최적화되어 있다고 들었어."

"바로 그거야! 우리 집에는 다른 집에 다 있는 4D 스크린과 좌석도 없었어! 물론 극장에 가서 보는 방법이 있지. 하지만 지구 4D 극장은 험다공연장이랑 견줄 게 안 된단 말이야! 알겠지만 레지나의 공연 무대가 바로 험다공연장이잖아. 다른 곳은 그걸 녹화해서 보여 주는 거고. 바로 그 현장에 있고 싶어서 열여섯 살 꽃다운 나이를 마흔여섯 살로 만들면서 험다까지 온 거야! 웜홀을 세 번이나 타면서 말이야."

웜홀이 언제 발견되었는지는 각 행성의 시간마다 다르다. 어떻든 웜홀의 발견은 우주 개발과 타 행성 이주에 비약적인 발전을 가져왔다. 이전에는 다른 행성을 탐사하려면 냉동 상태로 혹은 나처럼 수정란 상태로 짧게는 수 년, 길게는 수십 년을 탐사선에서 보내야 했다. 그런데 웜홀 덕분에 몇 달에서 몇 주로 탐사 시간이 대폭 줄어들었다.

바로 이 웜홀의 발견이 건설 당시만 해도 지구의 최첨단 기술의 절정이었던 페가수스 우주 정거장을 폐가전으로 전락시켰다.

웜홀은 출발지와 도착지의 시간 간격까지 줄여 주지는 않았다. 시간은 상대적이다. 제자리에 서 있는 사람보다 움직이는 사람의 시간이 더 느리게 흐른다. 한 행성 안에서는 극히 미세한 차이라 체감하지 못할 뿐이다. 하지만 행성 단위가 되면 다르다. 흔히 이걸 '쌍둥이 역설'이라는 말로 설명하는데, 쌍둥이 중 한 명은 지구에 남아 있고, 한 명은 우주여행을 다녀올 경우, 지구에 남아 있는 쪽이 더 나이를 많이 먹는다. 비슷한 이유로 채림이 지구에서 험다까지 오는 데 느낀 체감 시간은 1년이지만 지구는 30년이 흐른 것이다.

웜홀의 발견은 행성 간 시간에 커다란 간극을 만들어 냈다. 폐가전 직원들에게는 여섯 달이 흐르는 동안 어떤 행성들은 폐가전보다 수십 년은 앞서며 기술을 발달시켰다.

지구에서 내로라하는 인재들이 페가수스 우주 정거장에서 일하고자 냉동 상태로 2년을 왔다. 그런데 그들이 도착한 지 얼마 되지 않아 더 이상 냉동 상태로 이동할 필요가 없어졌다. 페가수스 우주 정거장의 기술은 스마트폰 시대의 시티폰처럼 구식 기술이 되었다. 인생을 걸고 페가수스 우주 정거장에 온 사람들에게는 날벼락 중의 날벼락이었다. 내로라하는 인재들이 한순간에 섬에 고립된 채 구조선을 기다리는 꼴이 된 셈이었다.

새로운 발견과 발달한 기술이 페가수스 우주 정거장을 폐가전으로 만들었듯, 새 기술이 폐가전을 살렸다. 바로 초공간 통신술이었다. 폐가전은 지구에서 전송받은 설계도로 초공간 통신기를 만들었고, 행성 간 기술 교환과 연락을 맡는, 일종의 허브로서 작동하게 되었다.

초공간 통신기가 있는 곳끼리는 실시간으로 연락을 주고받을 수 있었다. 탐사선이 이동 중일 때는 곤란하지만 행성의 공전, 자전, 우주 정거장의 공전과 자전은 초공간 통신기를 쓰는 데 영향받지 않았다. 레지나의 공연은 초공간 통신술을 이용해 초공간 통신기가 있는 행성에는 실시간으로 전송될 예정이었다. 그런데도 채림은 험다에 직접 오는 걸 택한 것이다.

"내가 지구에서 출발할 때는 웜홀 이동 시간 계산법이 불완전할 때였어. 자칫 잘못하면 공연이 끝난 뒤에 험다에 도착할 수도 있었지. 그래서 차라리 일찍 오기를 택한 거야. 도착하고 보니 레지나 공연까지 5년이나 남았지 뭐야. 그 정도에 좌절할 내가 아니지. 난 험다와 Jg-181을 오가면서 시간을 채웠어. 한 번 왕복할 때마다 내가 보내는 시간은 두 달이고 험다 시간으로는 1년이거든. 간 김에 Jg-181 행성인 자격도 취득하고, 성인으로 인증도 받고, 거기서 성인으로 인증받은 걸로 험다에서 다시 성인 인증을 받았지.

나 화장실 다녀올게. 웜홀이 발견되면서 행성 간 여행이 가능한 시대에 도달했는데, 어째서 화장실은 직접 가야 하는 거지? 오줌 순간 이동기 같은 거 누가 발명해 주면 좋겠네."

채림은 화장실에 갔다. 시계를 보니 두 시간 후면 다시 현상문을 보내야 했다. 생각만으로도 피곤해지며 채림의 제안을 감사히 받아들여야 함을 인지했다. 어쨌든 내가 손해 볼 건 없었다.

"저쪽, 저기 저 사람, 클론 같지 않냐?"

내 뒷자리에 앉은 사람의 목소리가 들렸다. 일순 목덜미가 선득해졌다.

"그런 것 같아. 요즘 저소득 고위험 직군 기피가 심해져서 행성 차원에서 클론을 많이 받잖아."

"우리 행성이 워낙 기본 소득이 높으니, 저소득 고위험 직군에서 일하려는 사람이 없는 게 당연하긴 한데, 그래도 클론이 많아지는 건 별로야."

이어지는 말을 들으니 날 가리킨 말 같지는 않았다. 한편으로 클론이라는 말에 왜 목덜미가 선득해졌는지도 알 것 같았다.

'저 사람 어쩐지 클론 같다.'는 말은 폐가전에서도 이따금 들리는 말이었다. 그러나 폐가전에서는 그 말에 선득한 느낌까지 들지는 않았었다. 클론이라는 건 한국인, 영국인, 중국인, 아프리카계 미국인, 베트남계 한국인처럼 어디서 출생했는지를 가리키는 말일 뿐이었다.

하지만 카페나 식당에서 커피를 마시다가, 밥을 먹다가 언뜻 보이는 사람에 대해 "저 사람 어딘지 모르게 프랑스 사람 같지 않아?", "저 사람 한국인 같지?"라는 말을 하는 사람은 없었다.

폐가전에서 국적은 중요하지 않았다. 폐가전에는 다양한 나라에서 온 다양한 인종들 5만여 명, 정확히 50,012명이 모여 있었다.

국적은 사적인 대화를 나눌 때 자연스레 나올 뿐 사람들이 딱히 궁금해하는 건 아니었다.

다양한 정체성, 가치관에 대해서도 마찬가지였다. 폐가전 직원들은 다양한 정체성과 가치관에 대한 편견 유무를 테스트받은 사람들이었다. 테스트를 통과하지 못한 사람은 아무리 유능해도 폐가전에서 근무할 수 없었다.

물론 테스트를 속이는 게 불가능한 건 아니나, 편견이 있는 사람일수록 자신의 속내가 드러나지 않도록 조심해야 하는 법이니 더더욱 그런 화제를 입에 올리지 않았다.

예컨대 페가수스 우주 정거장에서 '저 사람 어딘지….'를 출생과 관련해 쓰는 경우는 클론을 일컬을 때뿐이라는 말이다. 그래도 거기에 악의는 없었다. 파란색 돌들 사이에 노란색 돌이 있으면 눈에 띄듯, 소수는 원래 눈에 띄는 법이었다. 폐가전에는 958명의 클론이 근무하고 있었다. 만약에 반대였다면, 클론이 50,012명이고 클론이 아닌 사람이 958명이었다면, "저 사람 왠지 모르게 클론이 아닌 것 같지 않냐.", "저 사람 왠지 모르게 그냥 사람 같지?"라는 말이 돌았을지도 몰랐다.

악의가 없는 줄 알면서도 나는 클론 같다는 말을 듣는 게 싫었다. 내 귀에 들리지 않을 거리에서라면 나에 대해서도 같은 말이 나올 것이다. '어딘지 모르게'라는 말만 들어도 기분이 별로 좋지 않았다.

클론은, 특히 나처럼 초기 클론은 체격이 컸다. 나는 169센티미터에 78킬로그램이었다. 물론 체격이 크다고 다 클론은 아니다. 그런데 나도 체격이 큰 사람을 보면 문득 생각하게 되곤 했다. '저 사람은 클론일까, 아닐까.'

날 가장 불쾌하게 한 건, 저 사람 어쩐지 클론 같다는 느낌이 대부분 들어맞았다는 점이었다.

그래서 몇 달 전부터 다이어트를 시작했다. 아침은 과일과 저지방 요구르트로 간단하게 먹었다. 저지방 요구르트도 과일도 맛은 있었다. 다만 무언가가 부족했다. 허기가 가시질 않았다.

어쩌다 삼시 세끼 저지방 고단백으로 먹는 날도 있었다. 하지만 아침은 간단히 먹고, 점심은 건너뛰고, 저녁에는 폭식을 하거나, 하루 종일 뭔가를 먹으며 내일은 꼭 굶어야지라고 결심하는 날들이 훨씬 많았다.

물론 그게 이따금 듣게 되는 "저 사람 어딘지 클론 같지 않아?"라는 말 때문만은 아니었다.

나는 배양액에서 지식 이식 칩으로 지식을 이식받으며 자랐다. 그러다 깨어나 폐가전에 오게 되었고, 웜홀이 발견되었고, 나 또한 다른 폐가전 직원들처럼 내가 가진 지식이 삽시간에 과거의 유물이 되는 걸 겪었다.

지구의 미성년자들이 학교에 다니듯 나도 매일 정해진 시간 동안 나 같은 아이들과 함께 새로운 지식을 익혀야 했고, 3년 뒤

성인이 되면 뭘 하고 싶은지 정해야 했다.

3년이나 남았다. 3년밖에 남지 않았다. 두 가지 생각이 교차하며 반복되는 하루, 정신 차리고 보면 입에 넣고 있는 간식거리들이 날 힘들게 했다.

페가수스 우주 정거장의 음식은 이러든 저러든 맛만 다르지 건강식이다. 물론 그래도 많이 먹으면 살은 찐다. 내 체중은 보통 사람 기준으로는 과체중이지만 건강 검진에서는 늘 최적의 상태가 나왔다. 이 키와 체중이 내게 가장 자연스러운 체형이기 때문이다.

밤에 과식하고 아침에 일어나 거울을 보면 가관이었지만, 깨끗이 씻고, 좋아하는 옷을 입고, 머리를 빗으면 꽤 예쁘게 보였다.

살을 빼고 싶은 건지, 빼고 싶다면 왜인지, 클론처럼 보이는 게 싫은 건지, 싫을 이유는 뭔지, 내 머릿속 지식들이 무용지물이 되었다는 사실에 무기력해진 건지, 이 요소들이 다 합쳐져서인지는 모르겠지만, 나는 폐가전을 잠시라도 떠나고 싶었다. 내가 폐가전의 모든 곳을 다 본 것도, 모든 사람을 다 아는 것도 아닌데 내 또래는 세 명밖에 없는 세계에서 벗어나고 싶었다. 고작 열여섯 살에 시대에 뒤떨어진 존재라는 느낌이 끔찍하게 싫었다. 폐가전에 있으면 그 느낌을 떨칠 수가 없었다.

최근 우울해 보인다며 걱정해 주신 상담사 쉐나즈 선생님의 도움을 받아 험다중앙공연장에서 인턴 일을 할 수 있게 되었다. 폐가전을 떠나기 전에 요즘 험다에서 일자리를 찾으려는 클론들이 많고, 클론에 대해 좋지 않은 인식을 가진 사람들이 있으니 주의하라고는 들었지만, 실제로 클론이 오는 게 싫다는 말을 듣자 화가 났다. 내가 원해서 클론으로 태어난 것도 아닌데 말이다.

채림이 돌아왔다.

"오래 걸렸지? 미안, 화장실에서 잠깐 레지나 검색해 보다가 정줄을 놨어. 레지나랑 쉬엔은 이전에 이렇다 할 접점이 없었는데 왜 합동으로 콘서트를 하는지 모르겠어. 쉬엔은 레지나에 견주면 한참 신인이란 말이야. 게스트로 껴 줘도 감지덕지해야 할 판에 합동 공연이라니. 쉬엔 소속사가 레지나 소속사에 로비 좀 한 모양이야. 네 사연은 뭐야? 폐가전에서 왜 갑자기 험다로 온 거야?"

나는 느리게 눈을 깜빡였다. 채림이 하는 말은 어디로 튈 지 도통 예측이 되지 않았다.

"나는… 클론이야."

채림의 눈이 커다래지고 동공이 우왕좌왕하는 게 한눈에 보였다.

"그걸 왜 이제 말해?"

채림이 새된 소리를 질렀다.

내가 클론이라는 게 이렇게까지 놀랄 일인지, 눈앞이 아득해지고 온몸에 힘이 풀렸다.

"그럼 나 네 보호자 못 하는 거야? 사람이 클론 보호자가 될 수 있나? 기다려 봐!"

한참 무언가를 검색한 채림이 안도의 한숨을 내쉬더니 씩 웃었다.

"문제없대."

성장 캡슐에서 깨어난 지 2년밖에 되지 않았지만 이렇게 타인에게 무심한 사람은 드물리라는 생각이 들었다. 그런데 그 무심함이 지금의 내게는 몹시도 다행스럽게 다가왔다. 아까 채림도 내가 가수에 대해서 잘 모른다고 하자 기분이 좋아진 것처럼 보였었다. 나와 같은 이유였을까? 편견보다는 무관심이 훨씬 나았다.

"다른 건?"

"응?"

"네가 왜 험다에서 인턴으로 일하게 됐는지는 알아야 내가 보호자 신청을 하지."

"아….."

"사연 들려줘. 널 내 피보호자로 등록할 때 나한테 너에 대해 이런저런 걸 물어볼 거야. 위장인지 아닌지 보려고."

'위장 맞잖아.'

"우리 위장 아니야. 나 진짜로 네 보호자가 될 거라고!"

내 속을 읽었나 싶어 뜨끔해졌다. 나는 마른침을 삼키고 입을 열었다.

"난 제단자리 뮤 f의 위성 시아를 탐사하기 위한 탐사선, 파인딩 시아에 수정란 상태로 실렸었어. 배양액에서 자라다 시아에 도착하면, 스무 살의 신체 조건에 10여 개의 석사 학위와 두세 개의 박사 학위를 딸 수준의 지식을 습득한 채 깨어나서 시아를 개척하는 일을 맡게 될 예정이었어.”

“행성 개척용 클론이 금지된 게 언젠데?”

“내가 출발할 때는 아니었어.”

“그래서?”

“우린 총 스무 명이었는데 가는 도중에 열다섯 명이 배양액에서 죽었어. 고속 성장 부작용일 가능성이 제기되며 우릴 빨리 깨운 거야. 그때 우리의 생물학적 나이는 대략 열다섯 살이었을 거야. 한 명은 깨어난 지 얼마 되지 않아 죽었는데, 지식 이식 칩 부작용인 것 같다며 우리 머리에서도 칩을 다 뺐어. 그래서 내가 이식형 시스템을 쓰지 않는 거야. 추가적인 문제가 발생할까 봐.”

“고속 성장? 지식 이식 칩? 그게 금지된 게… 와, 그럼 너 태어난 연도로 계산하면 몇 살이야?”

엔카가 내가 지구에서 착상된 해를 기준으로 나이를 계산하면 쉰다섯 살이라고 알려 주었다.

‘쉰다섯 살이라고? 내가?’

징그러운 기분마저 들었다.

“쉰다섯 살이래. 방금 엔카가 알려 줬어. 이전에는 딱히 생각 안 해 봤거든. 폐가전은 생물학적 나이를 기본 나이로 채택해서 써서."

"안됐다."

내가 법적으로 성인이 될 수 없다는 점에 채림은 진심 어린 유감을 표했다.

"탐사선 내부 일로 폐가전에 잠시 착륙했거든. 근데 우리가 배양액에서 성장하는 동안 네 말대로 클론에게 행성 탐사 임무를 일방적으로 부여하면 안 된다고 법이 바뀐 거야. 일단 폐가전에서 최신 지식을 배우면서 장래에 뭘 하고 싶은지 정하래. 나는 폐가전에서 잠깐이라도 벗어나고 싶어서 가까운 행성에서 할 수 있는 일이 없나 찾다가 험다에 오게 된 거야."

"아, 이제 알겠다. 어쩐지 열여섯 살인데 레지나 공연장 인턴을 하게 해 준다 했더니. 넌 레지나에 대해서 잘 모를 테니 문제를 일으키지 않을 거라고 생각한 거네. 험다중앙공연장에서 일하고 싶어 하는 애들이 얼마나 많았는데. 나도 신청서 제출했었거든."

"레지나에 대해서 잘 몰라서 뽑힌 거라고?"

"팬이라는 이유로 해킹하려는 사람들이 좀 많아야지. 팬인지, 안틴지…."

"아…."

갑자기 채림이 벌떡 일어섰다.

"가자!"

우린 햄버거 가게를 나왔다. 그새 비는 그쳤고 마치 그 반동처럼 해가 쨍했다. 대기권 너머 광활한 거리에 있는 광원 하나가 온 세상을 밝히는 게 신비로움을 안겼다. 엔카가 돌아와서인지, 자진 해서 돕겠다는 사람을 만나서인지 다시 용기가 솟았다.

채림은 내비게이션대로 가지 않았다. 자기가 아는 방법이 더 빠르다더니 내비게이션의 안내로는 한 시간 거리였는데 채림과 가자 사십 분 만에 도착했다. 내비게이션은 대중교통으로 가는 방 법을 알려 줬고, 채림은 택시를 불렀기 때문이었다.

험다는 대중교통은 싸고, 택시는 비싸다고 들었던 터라 채림 이 조금도 머뭇거리지 않고 택시를 부르는 모습에 놀랐다. 채림의 시스템에서 자동 결제되기 때문에 내게는 요금이 얼마나 나왔는 지 보이지 않아 내린 뒤에 얼마나 나왔는지 물었다.

채림이 지나가듯 대답한 금액이 내 예상을 초과해서 심장이 콩닥콩닥 뛰었다. 인턴이 되면 급여가 나온다며 폐가전에서 나에 게 준 돈은 비상금에 가까웠고, 지출 내역은 자동으로 기록되었 다. 문득 공연장까지 어떻게 이동했는지 뭐라고 보고할지가 걱정 되었다가, 채림이 내 보호자가 되면 문제없지 않을까 싶었다.

나와 채림은 공연장 인턴 담당을 만났다. 담당은 깐깐한 인상 의 30대 중반으로 보이는 여자였다. 그는 채림이 내 임시 보호자 가 되는 데 절차상 아무 문제가 없자 기꺼워했다. 일거리가 줄었 다고 안도하는 기색이었다. 하지만 내가 공연 당일에 공연장 질서 담당을 바란다고 하자 딱 잘라 거절했다.

"어려서 안 돼. 그 일은 법적으로 성인만 맡아."

채림이 지지 않고 받아쳤다.

"공연장 질서 담당에 미성년자도 있던데요?"

거짓말이 바로 들켰는데도 담당은 낯빛 하나 바뀌지 않고 대꾸했다.

"제일 어린 질서 담당이 열여덟 살이야."

"그런데 왜 반말을 하시나요?"

황당하다는 얼굴로 채림을 물끄러미 바라보던 담당이 말했다.

"너 생물학적으로는 미성년자지? 티켓을 구하지 못해서 얘의 보호자 자격으로 구경하려는 거잖아. 너 같은 애들이 한둘인 줄 알아? 가! 하여간 덕후들이란…."

내게 배당된 일은 공연장 청소봇 관리였다. 이따금 객석 의자 다리에 긴 청소봇들을 빼 주고, 먼지와 쓰레기 배출이 원활히 되는지 지켜보고 이상이 생기면 회수하는 일이었다.

채림이 눈을 부라렸다.

"이건 클론 차별이에요."

"임시 보호자 자격도 큰마음 먹고 준 줄 알아. 그만 나가! 바빠 죽겠구먼."

우린 쫓겨나다시피 사무실에서 나왔다.

채림의 얼굴이 붉으락푸르락해졌다.

"클론 차별이라고!"

어떤 면이 차별이라는 건지 나로서는 영문 모를 일이었다. 가만히 있으면 중간은 간다는 말을 어디선가 들은 터라 나는 일단 가만히 있었다.

채림은 씩씩대며 날 데리고 가까운 카페에 갔다. 그러더니 시스템에 접속해서 한참 동안 무언가를 했다. 그동안 나는 폐가전에 임시 보호자에 대한 보고서를 작성해서 보냈다.

시스템에서 나온 채림이 말했다.

"안 그래도 험다에서 클론 차별한다고 말이 많던데, 내가 직접 겪게 될 줄이야."

채림이 내게 파일 하나를 공유했다.

"봐!"

무심코 받아서 훑다가 놀라서 얼굴을 드니 채림은 시스템으로 연결된 사람들과 정신없이 대화를 하고 있었다. 입 주위에 방음 장치를 껴서 대화 내용은 들리지 않았으나 대충 어떤 이야기를 나누는지는 감이 왔다.

나는 채림이 준 파일을 다시 꼼꼼히 살폈다.

이번 레지나, 쉬엔의 합동 공연을 위해 인턴이라는 명목으로 임시 고용된 사람이 525명이었다. 그중 클론이 나를 포함해서 97명인데 모두 몸을 써야 하는 허드렛일을 맡았다. 사무직, 공연 당일 공연장 질서 관리 같은, 편하거나 잠깐이라도 공연을 볼 수 있는 자리는 모두 사람에게 돌아갔다.

"같은 일을 해도 사람이 돈을 더 받아."

채림이 다른 파일을 하나 더 공유했다. 누가 공유해 준 파일인지는 몰라도 채림의 말은 사실이었다. 험다공연장에서 나처럼 청소봇을 관리하는 사람의 임금이 나보다 높았다.

갑작스레 비를 맞았을 때처럼 숨이 가빠지고 어지러워지는 느낌이었다. 지구 역사를 공부할 때 인종, 성별, 정체성에 따른 차별이 있었다고 배웠다. 눈치로 과거에만 그랬던 게 아니라 현재에도 그런 차별이 있다는 건 알았다. 차별이 없다면 왜 폐가전 근무 지원자들에게 특정 가치관, 정체성, 인종, 성별에 따른 편견이 있는지 확인하는 테스트를 했겠는가.

이제는 클론에게 그 차별이 오고 있었다. 테스트 문항에 클론에 대한 편견이 있는지에 대한 질문을 업데이트해야 하는지도 몰랐다.

험다의 인구는 약 3억 명이라고 했다. 여기라면 내 존재가 가려지면서 자유로워질 줄 알았다. 그런데 오히려 폐가전에서보다 내가 클론이라는 걸 더 인식하게 되는 상황이 펼쳐지고 있었다.

채림이 기운차게 말했다.

"됐어!"

"응?"

"클론차별반대연대 사람들과 이 일을 공론화하기로 했어. 심지어 시스템상 보호자에게 반말까지 했으니. 내가 아까 다 녹화

했지. 클론은 박사 학위가 있어도 진급이 안 되는 거 알아? 과장 직급을 단 클론은 사람에 비해 25퍼센트밖에 안 돼. 임금은 사람 대비 평균 70퍼센트를 받아. 평균이 그렇다는 건 같은 일을 해도 사람이 받는 임금의 반도 못 받는 경우도 존재한다는 뜻이지."

그 말을 듣자 채림에게, 레지나의 공연을 보려고 그렇게까지 해야 하느냐는 말이 나오지 않았다.

"후… 암표 떴다."

나는 채림이 그 암표를 사길 간절히 바랐다. 비는 채림이 준 우비로 막을 수 있었다. 하지만 우비는 우박과 폭풍까지 막아 주지는 못했다. 엔카가 다시 작동된 뒤 날씨에 대해 자세히 검색해서 험다에서 겨울이면 우박이 쏟아지거나 폭풍이 불 수도 있다는 걸 알았다. 공론화니, 차별이니, 녹화니 하는 말을 듣자니, 나는 비 구경이나 하고 싶었는데 우박에 폭풍이 치는 바깥으로 내몰리는 것처럼 몸과 마음이 움츠러들었다.

나는 조심스레 물었다.

"그런데?"

"못 사. 너무 비싸."

"얼마나 비싸기에?"

하루에 햄버거 세트를 100개씩 먹어도 되고, 강남의 아파트 한 채를 살 수 있는 돈이 있으며, 레지나 공연을 보기 위해 30년을 건너뛰어 온 애가 비싸서 못 산다는 말이 의아했다.

"아파트 한 채가 아니라 한 동을 통째로 살 돈이 있어야 해. 도대체 그런 돈은 누가, 어떻게 버는 거지? 망할 티켓 투기업자들. 공연 직전을 노려서 내놓은 거야. 이것도 언제 공론화해야 해. 티켓 투기가 한국의 땅 투기 이상이라니까? 물론 난 싸도 안 살 거였어. 팬이 티켓 투기업자들 배를 불려 줄 수야 없지. 후… 넌 뭐라고 할래?"

"응?"

"다들 지금 성명서 내고 있어."

"나, 나도 해?"

채림이 물끄러미 나를 응시했다. 어쩐지 민망해져서 눈을 피했다.

"겁나?"

"조금….."

"그래, 그럼 말아."

의외로 채림은 순순히 물러났다.

"너 말고도 하겠다는 사람 많고, 넌 폐가전에서 왔으니 이런 일 안 겪어 봤을 테니까, 낯설고 무서울 거야. 폐가전이 고물이긴 해도, 거긴 차별 같은 게 거의 없다며?"

채림이 모르는 게 없는 것 같아 신기했다.

"되게 잘 안다."

"거기 내 동업자가 있거든. 피차 닉네임으로 연락해서 누군지는 몰라. 덕밍아웃이라는 게 쉬운 일이 아니니까."

채림이 말한 동업자란 레지나 팬 아트 홀로그램을 함께 제작하는 사람을 말했다. 폐가전에 있는 사람은 의상을 디자인해 보내고, 채림은 그 의상을 입고 노래하는 레지나의 홀로그램을 만든다고 했다.

"안무를 짜거나 스토리를 만드는 사람도 있어. 내 공개 시스템 계정으로 자기가 짠 안무나 스토리를 보내면 내가 그걸로 홀로그램 댄스나 드라마를 만드는 거야. 시청자들이 돈을 내는데 그 돈을 나눠 갖는 거지."

전혀 몰랐던 세계였는데 놀랄 만큼 체계적이었다. 안무, 의상, 시나리오별로 서로 수입을 나누는 비율도 정해져 있었다.

"그래서 레지나 팬이 아닌데도 뛰어드는 사람들이 있다니까? 근데 팬이 아닌 사람이 만든 건 어딘지 모르게 티가 나. 팬 아트는 정말 좋아하는 사람들이 좋아하는 마음으로 시작한 건데 이젠 완전 도떼기시장 됐어. 그래도 진짜 팬들은 팬이 만든 것과 아닌 걸 구분하는데 최근 들어 입덕한 애들이 뭘 모르고 이거저거 다 사면서 아무 데나 돈 쓴다니까?"

이어 채림의 입에서 무분별한 팬과 가짜 팬 아트 제작자들에 대한 성토가 쏟아졌다. 좋아하는 걸 말할 때는 반짝이던 얼굴이, 성토를 할 때는 돌변해서 무시무시해지는지라 마주 보기 힘들었다. 날 선 말들이 쏟아지니 귀도 따가웠다. 진짜 덕후가 레지나의 팬 아트로 돈을 버는 건 레지나에 대한 사랑이고, 가짜 덕후는 레지나를 이용하는 비양심적인 행위라는 분노는 내게는 알 듯 모를 듯 알쏭달쏭한 소리였다.

'하여간 덕후들이란…'

내 담당자가 이를 갈 듯 한 말이 문득 귓가를 스쳐 갔다.

카페를 나온 우리는 채림의 호텔로 갔다. 채림은 카운터로 가서 인원이 한 명 더 늘었다고 했다. 호텔은 대부분 2인실이 기본이라 채림은 추가 요금을 지불하지는 않았다.

"미안해. 내가 반값 내야 맞는 건데…."

내게는 너무 비싼 호텔이라 보낼 엄두가 나지 않았다.

"괜찮아. 내가 아니라 레지나에게 감사해. 다 레지나 덕에 번 돈이니까."

침실 한 개, 드넓은 거실, 욕조가 있는 샤워실, 통유리 창이 있는 휘황찬란한 방이었다. 침실이 폐가전에서 내가 살던 방보다 넓은 것 같았다.

통유리로 험다의 야경이 보였다. 얽히고설켜서 뻗은 스카이 로드의 화려한 불빛, 스카이 로드를 타고 지나가는 차들이 내는 움직이는 불빛, 관광과 공연의 도시답게 호화로운 전광판들이 영화보다 찬란하게 펼쳐졌다. 밤새 지켜봐도 질리지 않을 것 같았다.

나는 쉼 없이 변화하는 색색의 불빛을 보다 잠이 들었다. 내가 잠들 때까지 채림은 험다중앙공연장의 클론 차별을 규탄하는 사람들과 이야기를 나누며 작전을 짰다.

7시에 일어나 보니 채림이 메시지를 남겨 놓고 자고 있었다. 메시지가 온 시각은 6시였다.

- 룸서비스로 아침 시켜 먹어.

단 하루 겪었을 뿐이지만 채림에게 이렇게 세심한 면이 있는 줄 몰랐다. 안 그래도 배가 고팠던 터라 엔카에 접속해서 잠시 씨름을 한 끝에 호텔 시스템과 연결해서 룸서비스를 시킬 수 있었다.

호텔이 공연장 바로 앞이라 8시 40분에 도착했다. 여유 있게 도착했다고 안도한 것도 잠시, 담당의 흉흉한 눈빛에 기가 확 꺾였다.

'9시까지 아니었어? 8시를 잘못 들었나?'

나처럼 청소봇을 맡은 사람들도 태도가 곱지 않았다.

"잘 대해 줘. 말 한 마디 잘못하면 클론 차별론자로 몰리니까. 난 분명히 주의 줬다? 잘 대하라고도 했고?"

담당의 말에 나처럼 청소봇에 배정된 사람들이 너도나도 다가와서 인사했다. 웃는 얼굴이 화내는 얼굴보다 더 괴기스러울 수 있음을 깨달은 순간이었다.

"힘들면 뭐든 말해. 절대 그냥 넘어가지 말고. 알겠지?"

담당은 내게 확인시키듯 말하고 떠났다. 나는 사람들과 함께 공연장으로 가서 청소봇들이 일하는 모습을 지켜보고, 빠진 청소봇을 빼 주고, 재작동시키는 걸 반복했다. 어려운 일은 아니었다. 하지만 다 똑같이 일하는데도 나는 다른 사람들보다 임금을 덜 받는다는 사실이 새삼 떠오르며 기분이 좋지 않았다.

애초에 돈이 필요해서 찾은 인턴 일은 아니었다. 클론이라서 돈을 적게 준다는 걸 알았더라도, 사람들이 이렇게 날 냉대하지만 않았다면 그냥 지나갔을 것이다. 문제가 발생하면 조사 위원회가 열리고, 불려 가고, 증언 따위를 해야 했다. 생각만 해도 피곤한 일이었다. 그런데 부당한 요구를 하는 게 아닌데도, 나를 경계하는 사람들을 보자 억울하고 분해졌다.

점심시간이 되었다. 점심은 공연장 식당에서 먹으면 된다고 들었다.

"우리 다 따로 먹어. 너 따돌리는 거 아니다?"

같이 일한 사람 중 한 명이 그렇게 말하더니 뭐라 대꾸할 틈도 주지 않고 휙 가 버렸다. 나는 줄을 서서 식판에 음식을 받아 빈자리에 앉았다. 습관적으로 엔카에 접속해 핫뉴스에 뜬 기사를 보고서야 사람들 반응을 이해했다.

클론차별반대연대는 이전부터 클론을 차별하는 행위의 공론화를 추진하고 있었다. 그런데 험다중앙공연장에서 문제가 제기된 것이다. 사설이 아닌 공립 기관에서 클론을 차별한다는 사실이 알려지자 클론차별반대연대에서는 일을 시작할 좋은 계기로 받아들였다. 그리고 간밤에 험다중앙공연장만이 아니라 사설 공연장, 운송업체, 물류업체 등 10여 곳에서 근무하는 클론들이 클론차별반대연대와 함께 성명서를 발표했다. 그 일로 힘다 전체가 들썩이고 있었다.

밥을 다 먹을 무렵 담당이 사무실로 오라는 메시지를 보냈다. 사무실로 가니 채림도 와 있었다.

담당은 지극히 냉소적인 눈빛으로 우리를 보며 입을 열었다.

"소피아, 공연 당일 질서 유지 요원으로 넣어 줄게. 그리고 임채림 씨는 보호자 자격으로 참관하시면 되겠습니다."

채림이 조금도 눌리지 않는 태도로 물었다.

"조건은요?"

채림의 당돌한 태도에 화가 난 담당은 다시 반말로 돌아갔다.

"우리 공연장에서 아무 문제도 없었다고 발표해. 쟤는 폐가전에서 왔잖아? 경력이 없기 때문에 임금이 쌌던 거야."

"경력이 없어서 인턴인 거죠. 똑같이 경력이 없더라도 사람 인턴은 소피아보다 임금을 더 주지 않나요?"

"열여섯 살이잖아. 우리 공연장에서 제일 어린 나이야. 어린데도 써 준 걸 감사해야지."

"열일곱 살은 얼마를 받는데요? 한 살 차이가 그렇게 대단할까요? 그리고 필요해서 쓰는 게 인턴 아니에요? 써 주는 걸 감사하라니요? 놀면서 월급 받나요?"

"레지나 공연, 안 보고 싶어?"

채림의 입이 굳게 닫혔다. 이 공연을 위해 30년을 건너뛰고도 Jg-181을 오가며 5년을 기다린 채림이었다.

채림이 내 손을 단단히 잡아 일으켰다.

"가자!"

담당이 냉정하게 말했다.

"마지막 기회야. 지금 저 문을 나서면 다음 기회는 없어."

채림은 그대로 문을 열었다.

"야, 야, 기다려 봐!"

채림의 단호한 태도에 당황한 담당이 다급하게 외쳤지만 채림은 걸음을 멈추지 않았다.

채림은 마음이 바뀔까 무서운 듯 뛰다시피 걸었다. 나는 얼결에 쫓아갔다. 갑자기 멈춰 선 채림이 내 쪽으로 획 고개를 돌렸다. 눈이 벌겠다. 이어 비 오듯 눈물이 쏟아졌다.

"더 있었으면 그런다고 했을 거야. 나 진짜 레지나 공연 보고 싶어서, 으어, 내가 얼마나, 흐엉, 초반에 싸게 나왔던 암표 살까 했는데, 근데 그건 팬이 하면 안 되는 짓이라서, 나 진짜 레지나 공연 보고 싶었단 말이야!"

채림이 주저앉아 무릎을 끌어안고 울기 시작했다.

"저기, 나도, 성명서 낼까?"

나중에 왜 이런 성명서를 냈는지 폐가전에서 물어볼 텐데, 생각만 해도 그 절차들이 아득했지만 내게 여러 도움을 준 채림을 위해, 나 자신과 나 같은 클론들을 위해 지금 내가 할 수 있는 유일한 일이었다.

"괜찮아. 무리하지 않아도 돼. 어차피 공연 안 볼 거였어."

"아니, 절대 무리하는 게 아니… 뭐라고?"

"이거 받아."

채림의 시스템에서 엔카로 무언가가 전송되었다. 그간 채림이 모은 레지나, 쉬엔 홀로마이드 추첨권 마흔여덟 장이었다.

"이걸 왜 나한테 줘?"

뭔가 심상치 않은 느낌에 팔뚝에 오소소 소름이 돋았다.

"어떻게 그럴 수가 있어? 도대체 어떻게? 너무한 거 아냐?"

채림이 새된 소리를 질러 댔다. 나는 점심시간이 끝났다는 알림이 올 때까지 채림의 말을 듣다가 일터로 돌아갔다. 일하는 내내 채림의 목소리가 머릿속에서 반복 재생되었다.

'어떻게 레지나가 쉬엔과 연애를 해? 어떻게 그럴 수가 있어? 공개 연애 하겠대!'

레지나와 쉬엔은 홀로그램 가수였다. 둘이 연애를 한다는 건 그냥 쇼일 뿐이었다. 아무리 내가 홀로그램 가수 세계에 대해서 아는 게 없다지만 그 정도는 상식으로 알 수 있었다.

그게 그렇게 충격받을 일인지 나로서는 도무지 이해할 수 없었으나 그 말은 하지 않았다. 다만 묵묵히 채림의 말을 들어 주었다. 뭐, 끼어들 틈도 없었지만.

그날 퇴근하고 호텔에 돌아가니 채림은 마치 야경 속 수많은 불빛 중 하나가 되어 사라지고 싶은 사람처럼 멀거니 창밖만 보고 있었다.

"쉬엔 팬들이 들고 일어났어. 레지나가 쉬엔을 이용하는 거라나? 이제 갓 범우주적 팬덤이 생기기 시작한 쉬엔이 레지나랑 연애를 하면 어쩌느냐는 거야. 레지나가 더 이상 화젯거리가 없고, 새 홀가(홀로그램 가수)들에게 밀리니까 이슈를 찾아서 쉬엔과 연애하는 거래. 우리야말로 싫거든? 쉬엔이 레지나 인기를 등에 업고 가는 거니 더 이득 아냐? 도대체 둘이 연애를 왜 해? 연애하라고 레지나 음원, 광고하는 제품들 다 사면서 응원하고, 팬 아트 만들어 온 게 아니란 말이야! 내가 먹은 레지나 햄버거 세트가 몇 개인 줄 알아?"

목소리에서 독기가 빠져 있는 느낌이, 내가 오기 전까지 다른 레지나 팬들과 이미 수없이 이야기한 모양이었다.

"너무해."

"어…."

"양쪽 모두에게 실책이야! 아니, 연애는 둘이 하는 건데, 레지나가 선배란 이유로 쉬엔을 이용하는 거라는 소리까지 들어야 하는 게 말이 되냐고!"

"그렇지."

그저 끄덕이고 동의하는 것 외에 달리 할 말이 없었다.

"팬 아트 끝났어. 지금 다들 그동안 사 온 홀로그램 삭제하는 인증 영상 올리고 난리도 아니야. 쉬엔 팬들이 뭐라 그러는지 알아? 지금 레지나 실드 치는 사람들, 다 팬 아트로 먹고살던 사람들이래. 내가 그래서 실드 치는 것 같아? 그런 것 같으냐고!"

"절대 아니지."

"그지? 아니야, 그런 거 아니라고! 내가 진짜 속상한 게 뭔지 알아?"

"뭔데?"

"험다에서 공연장 대관료를 대폭 깎아 줬대. 둘이 연인 사이임을 공표하는 걸 앞당기는 조건으로 말이야. 지금 어딜 들어가든 다 레지나, 쉬엔 연애 기사만 떠. 클론 차별 반대 성명서가 묻혔다고! 왜 나의 레지나를 그런 데 이용하는 거야? 지금 팬들을 모아서 레지나 소속사에 항의하려고 했는데, 클론 이슈에 관심 있는 사람은 소수고, 다 연애 때문에 날뛰고 있어. 진짜 화나."

내가 채림의 옆에 앉자 채림이 내 어깨에 머리를 기대고 흐느꼈다.

기이하게도 그 울음이 레지나와 쉬엔의 연애 때문이 아닌 것 같았다. 둘의 연애로 인해 클론차별반대연대의 행동이 묻혀서도 아닌, 안 그래도 울고 싶었는데 누가 뺨 때려 줬다는, 그런 느낌이었다.

클론 차별 공론화 기사는 레지나와 쉬엔의 공개 연애 발표로 인해 묻혔지만, 그렇다고 클론차별반대연대의 움직임 자체가 사라진 건 아니었다. 나는 클론차별반대연대에서 나온 사람을 만나 차별을 겪어 봤는지에 대한 질문에 최대한 있는 그대로 답변했다. 성명서에 얼굴을 공개하는 것에도 동의했다. 한 클론당 주어진 시간은 1초라 내 얼굴은 삽시간에 지나갔다. 얼마 뒤 클론도 사람과 같은 임금을 줘야 한다는 법안이 발의되리라는 기사가 한구석에 실렸다.

채림은 조금 기운을 찾은 듯했다. 레지나와 쉬엔 공연의 암표 값이 뚝 떨어져서 빚까지 내 표를 샀던 암표 투기꾼들이 궁지에 몰렸다는 소식 덕분인 것 같았다.

채림이 말했다.

"먹고살 길을 찾아야 해. 험다가 강남보다 물가가 비싸. 일단 싼 호텔로 옮기자."

아무리 돈이 많다고 해도 너무 펑펑 쓰는 게 아닌가 했더니 수입이 없어지자 바로 지출을 줄이는 모습이 어른스럽게 느껴졌다.

우린 새 호텔로 갔다. 먼젓번 호텔보다 도심에서 떨어진 곳에 있었고 외관도 수수했다. 채림이 잡은 방은 침실 하나에 거실과 작은 주방이 딸린 곳이었다. 지난번 방보다 많이 작았지만 깔끔하고 아늑했다. 채림이 거실에 있는 커튼을 확 걷었다. 바깥에서 색색의 불빛들이 점멸했다. 고층이라서 멀리 보이는 야경을 즐기기에는 무리가 없었다.

"뷰는 포기 못 하지."

채림이 어떠냐는 듯 나를 보았다. 멋지다는 말을 기대하는 게 분명했는데 내 입에서는 엉뚱한 말이 나왔다.

"나까지… 미안해."

수입이 갑자기 사라진 것이나 마찬가지였는데 나라는 덤까지 안게 된 게 너무 미안했다. 임시 보호자가 있기 때문에 나는 공연장 기숙사에서 지낼 수 없었다.

"그런 소리 하지 마! 험다에서는 내가 네 보호자고, 난 일단 책임지기로 했으면 끝까지 책임져. 우리 엄마처럼 무책임하게 안 해!"

채림의 눈이 또 살벌해졌다.

"응….'

한 달가량을 함께 지내는 동안 따스한 춘풍과 오싹한 한파를 급격하게 오가는 채림의 모습에는 그럭저럭 단련되어 있었다.

채림의 눈이 다시 창가로 가서 꽂혔다. 그리고 가라앉은 목소리로 입을 열었다.

"나 반지하에서 살았어. 반지하가 뭔지 알아?"

나는 고개를 저었다. 엔카도 모른다고 했다.

'지하면 지하고 지상이면 지상이지, 반지하는 뭐지?'

"사람 취향의 기저에 깔린 건 아마도 박탈감일 거야. 나는 레지나가 높은 곳에서 화려하게 빛나서 좋았어."

　홀로그램 가수는 공간 제약을 받지 않기 때문에 공중에서 입체적으로 움직였다. 관람자들은 앞 사람들의 머리로 인해서 관람에 방해를 받지 않았고, 천장에서 공연을 하기에 어느 좌석이든 대체로 공평하게 공연을 즐길 수 있었다. 다른 말로 사람들은 늘 공연을 올려다봤다.

　레지나와 쉬엔의 공연은 나름 성황리에 끝났으나 팬들의 거센 반발은 멈추지 않았다. 레지나와 쉬엔이 광고하는 상품의 불매운동으로까지 이어지자, 레지나와 쉬엔의 소속사는 '연애가 아니었다', '그냥 친구인데 오보였다', '헤어진다' 등등 각기 다른 입장을 내놓았다 번복하기를 반복했다.

　레지나에 대한 채림의 애정이 한순간에 식지는 않았으나, 더 넣을 장작이 없는 모닥불처럼 서서히 꺼져 가는 게 보였다.

　나는 공연 후 공연장 뒷정리에 동원되었다. 그것도 내일이면 끝나서 모레면 채림과 헤어져서 폐가전으로 돌아가야 했다.

　"먹고 싶은 거 말해. 나 급여 받았어. 처음 책정된 금액보다 5퍼센트 더 주더라. 폐가전에 돌아가면 어차피 돈 쓸 곳이 없어."

　"폐가전 직원들은 월급 받으면 뭐 해?"

　"지구에 가족이 있는 사람은 가족에게 보내기도 하고, 다른 행성에 이주하려고 저축하기도 해."

"그럼 너도 저축해. 오늘 저녁은 저축 전 최후의 만찬이다!"

내게는 몹시 기쁘게도 채림은 전혀 사양하지 않고 저녁거리와 간식거리를 한가득 샀다. 우린 포장한 음식들을 가지고 호텔로 갔다. 로비에서 웬 나이 든 여자 한 명이 일어서더니, 옆에 둔 커다란 가방을 거북이 등딱지처럼 메면서 우리에게 성큼성큼 다가왔다. 가방이 크기만큼 무게도 나가는지 걸음걸이가 위태로웠다. 그러나 목소리만큼은 우렁찼다.

"임채림!"

"어, 엄마?"

채림이 꼭 내가 처음 비를 봤을 때와 같은 표정을 지었다.

"너, 너, 너, 대관절! 엄마를 얼마나 놀라게 해야 속이 시원하겠어? 어?"

"엄마가 여길 어떻게 왔어?"

채림의 엄마 대답보다 호텔 직원이 우리에게 다가오는 속도가 더 빨랐다. 직원은 친절함과 사무적이면서도 단호함의 삼박자를 겸비한 태도로 혹시 방에 한 명이 더 머물 거면 숙박비를 더 내야 한다고 말했다.

채림의 엄마가 딱 잘라서 말했다.

"나, 돈 없다."

"어, 어, 내가⋯."

내가 방을 따로 잡겠다고 말하려 하자 채림이 제지하듯 내 손을 단단히 쥐었다.

"돈도 없이 왔다고?"

"넌 나한테 올 때 뭐 돈 가지고 왔니? 난 적어도 옷은 입고 왔다!"

나는 채림의 말문이 막히는 모습을 처음 보았다.

채림은 로비로 가서 돈을 지불했다.

"저, 저는 모레 체크아웃 해요."

내가 더듬거리며 말하자 직원이 알겠다고, 체크아웃 할 때 다시 확인받으라고 했다.

우린 방으로 올라갔다. 채림의 엄마는 내 손에서 음식물 봉투를 받더니 식탁에 차려 놓고 먹기 시작했다.

"굶기라도 했어? 설마 한 푼도 없이 온 거야?"

"너 놓칠까 봐 로비에서 기다리느라 못 먹은 거야."

"겨우 요거 가지고 왔다고?"

채림의 엄마가 채림에게 자기 계좌를 전송한 모양이었다.

"웜홀 타고 도망치는 사람들 때문에 웜홀을 타려면 빚이 없어야 해. 그래서 가게와 집 정리하고, 세간살이 다 중고로 팔았어. 저 가방 안에 든 게 내 전 재산이다."

"시간 못 맞추면 어쩌려고 그랬어?"

"바로 따라오려고 했는데 잘못된 시간에 도착할까 봐 못 했어. 그래서 기다렸다, 기술이 더 발달하길. 너 가고 한 10년 지나니까 웜홀 통과 후 도착 예측 시간 계산법이 정교해졌어. 적어도 공연 당일에는 있으려니 했지. 어제 도착했는데, 어디서 오류가 난 건지 며칠 전에 공연이 끝났다잖아? 험다 경찰서에 갔는데 너 성인이라고 지구에서 모녀 관계 증명서 떼 왔는데도 검색해 줄 수 없다더라. 지푸라기라도 잡는 심정으로 험다중앙공연장에 갔더니 거기서 누가 가르쳐 줬어. 너 단단히 밉보였던데?"

공연장에서 날 담당했던 사람이 알려 준 모양이었다. 담당은 내 주소를 알고 있었고, 내 주소가 곧 채림의 주소니까.

말하면서도 채림의 엄마 입으로 쉴 새 없이 음식이 들어갔다. 그러면서도 발음은 또렷했다.

"며칠 굶기라도 했어?"

"난 하루에 세 끼면 충분하다. 너처럼 두 시간에 한 번씩 밥 달라고 안 해."

"내가 언제 그랬어?"

"아기 때 일이라 기억 안 난다고 해서 안 한 게 아니거든?"

물을 시원하게 들이켠 채림의 엄마가 컵을 소리나게 내려놓았다.

"왜 그랬어? 엄마가 얼마나 놀랐는 줄 알아? 가출을 해도 지구 안에서 해야지!"

"엄마가 나랑 가족 관계 해지하려고 했잖아!"

"그래야 지원금을 받으니까! 넌 곧 고등학생이 될 거였어. 고등

학생 딸을 둔 한부모 가족에게 주는 지원금보다, 부모가 없는 고등학생이 받는 지원금이 더 많으니 어쩌니. 잘하면 대학 등록금도 지원받을 수 있다더라. 그래서 서류상으로만 하려던 거야. 진짜 널 버리려고 했으면….”

“진작 버리셨겠지!”

“너 몰래 했겠지! 내 정보 네가 다 알고, 지원금 신청 다 네가 해 왔는데, 네가 그걸 볼 줄 엄마가 몰랐겠니? 너도 컸으니까, 지원금 신청 한두 번 받아 본 거 아니니까 이해할 줄 알았지.”

“그걸 어떻게 이해해?”

두 사람은 가쁜 숨을 쉬며 서로를 매섭게 노려보았다. 나는 둘을 보며 유전자가 무엇인지 실감했다. 어린 채림과 나이 든 채림이 서로를 노려보는 것 같았다.

“난 그때 겨우 서른다섯 살이었어.”

채림의 엄마는 그걸로 할 말 다 했다는 듯, 채림이 깜짝 놀라길 바라는 반응을 기다리듯 채림을 바라보았다.

“너 마흔여섯 살이라며? 너 낳았을 때 나는 지금 너보다 무려 열한 살이 어렸다고!”

“그, 그게 무슨 말도 안 되는 헛소리야?”

“마흔여섯 살 아니라는 거야? 그럼 열여섯 살 할래?”

“왜 내가 열여섯 살이야? 내 시스템 나이는…!”

“너한테 유리한 것만 고르겠다고? 성인으로 인정받고 싶으면 너보다 어렸던 엄마를 이해하거나, 어리광 부릴 거면 열여섯 살 하거나. 나도 힘들었다! 너랑 매일 놀아 주고 학원도 보내 주고 남들 하는 거 다 해 주고 싶었어. 나는 뭐 편하게 산 줄 아니?"

"가게까지 정리하고 험다에 와? 나 못 만났으면 어쩌려고 그랬어?"

채림이 악을 썼다.

"넌 어린애가 엄마도 없이 어쩌려고 혼자 여기까지 온 거야?"

"지금까지 잘해 왔거든?"

채림은 울지는 않았지만 꼭 우는 것 같았다.

문득 레지나의 공연을 보지 않겠다며 몸을 잔뜩 웅크린 채 울던 채림의 모습이 떠올랐다. 그때 내 느낌이 맞았다. 그건 비단 레지나가 쉬엔과 연애를 시작하면서 온 배신감 때문이 아니었다. 설령 공연을 봤더라도 마찬가지로 울었을 것 같았다. 홧김에 집을 뛰쳐나오며 기댔던 유일한 게 바로 레지나 공연이었다. 채림에게는 그 순간 공연이 끝난 것이나 다름없었다. 그러자 그간 내내 외면해 왔던, 이제 앞으로 어떻게 살지에 대한 막막함, 두려움, 엄마에 대한 그리움이 폭발했던 것이다.

겉으로 보기에 채림은 버럭버럭 화를 내고 있었으나 속으로는 분명 안도하고 있었다.

"소피아랬지? 이리 와, 배고플 텐데, 어여 밥 먹어."

"네? 네."

채림에게 소리를 지를 때와는 딴판인 다정한 목소리였다.

"남들한테만 잘하지."

채림이 고개를 저으며 한마디 했다.

"레지나 팬 아트는 끝났어. 가격도 뚝 떨어졌지만 그게 아니더라도 내가 안 해. 나 엄마 먹여 살릴 능력 없어."

"네가 가져간 엄마 돈, 그거 갚아야지? 이자가 30년 치 쌓였단다, 딸아."

"엄마가 부려 먹은 내 인건비는?"

"너 먹여 살린 값부터 계산할까?"

자기가 불리하다 싶었는지 채림이 말을 돌렸다.

"서른다섯 살이 어리긴 뭐가 어리다 그래?"

"나이가 든다고 애 엄마가 될 준비가 자동으로 되는 줄 알아? 서른다섯 살이든 마흔다섯 살이든 몇 살이든 아이를 낳기에는 다 어린 거야! 그리고 너는 어떻게 홀로그램 가수를 보겠다고 지구를 떠나 이 먼 곳까지 올 수 있니? 그럴 가치가 있니? 사람도 아니고 홀로그램일 뿐이잖아."

"홀로그램일 뿐이다? 그런 말은 어디에든 갖다 붙일 수 있지. 식당에 갔는데, 값은 비싸고, 불친절하고, 맛은 더럽게 없는데, 머리카락까지 나왔어. 그래서 화를 내는 사람에게 누가 말하는 거지. 밥 한 끼일 뿐이잖아. 35년간 먹어 온 38,325끼 중 하나. 어릴 때는 두 시간에 한 번이라니까 더 많겠네.

처음 보는 사람이 엄마한테 다짜고짜 욕을 하고 갔다 쳐. 그래도 열 올릴 필요 없지. 지나가는 사람일 뿐이잖아. 엄마가 이제껏 스친 수많은 사람과 앞으로 스칠 수많은 사람 중 하나 말이야."

"하여간에 지는 법이 없지."

"이제 뭐 해서 먹고살 거야?"

채림의 말은 질문보다는 의지하는 말처럼 들렸다.

"험다 사람들도 커피는 마시겠지."

"또 커피야?"

"커피가 세상에 나온 이래 커피를 이긴 음료가 없어. 다른 건 다 한시적 유행으로 끝났어. 게다가 식당은 큰 공간이 필요하잖니. 커피는 테이크아웃도 많이 하니까 작은 공간을 얻어도 할 만해. 그리고 엄마 카페인 과민 반응 있어서 커피 안 마시는 줄 알지? 초콜릿도 안 좋아해! 하고 싶은 것만 하면서 살 수 있을 줄 알아?"

"어떻게 얼굴만 늙었고 변한 게 하나도 없어? 그 소리 지구에서도 100만 번은 들었거든?"

"그래, 나 험다의 시스템 나이로 여든일곱 살이다! 어쩔래?"

이틀 뒤, 나는 채림과 채림 엄마의 배웅을 받으며 페가수스 우주 정거장으로 떠나는 우주선에 올랐다. 두 사람은 반걸음 떨어져서 서 있었지만 이후를 걱정할 필요는 없을 것 같았다.

험다에서 한 달 반을 보내는 동안 폐가전은 1년이 흘러 있었으나 알던 사람들은 헤어스타일 외에는 달라진 게 없었다. 그간 다른 행성으로 정착하러 떠난 사람들도, 새로 온 사람도 있다고 했다.

1년 동안 폐가전의 시스템이 업그레이드돼서 그에 맞춰 엔카를 업그레이드하고 인턴으로 일한 동안 있었던 일에 대한 보고서를 썼다. 대부분 매우 좋았음, 좋았음, 보통, 나빴음, 매우 나빴음 중에서 선택하는 거였고 드물게 왜 좋았는지 나빴는지를 써야 하는 서술형이 있었다.

문답을 마친 뒤 상담사인 쉐나즈 선생님을 만났다. 이런저런 이야기를 하다가 클론 차별 반대 성명에 참여했다는 말까지 나와버렸다. 선생님은 날 나무라는 대신 클론을 차별하는 일을 직접 겪은 게 내게 안 좋은 영향을 미칠까만 걱정했다.

그토록 떠나고 싶어 했으면서도 막상 익숙한 곳, 익숙한 규칙 속으로 돌아오자 몸과 마음이 풀어졌다.

카페테리아에서 음료를 마시며 그간 놓친 공부를 하는데 떨어진 자리에서 누군가 이야기를 나누는 소리가 들렸다.

"아니 무슨 홀로그램 가수가 연애를 하니 마니로 난리야? 실제 가수면 그럴 수도 있겠지만."

"우리 부서에 쉔 덕후가 있었는데 연애 발표 난 뒤 밤을 꼬박 새웠다고 하더라."

"그게 그럴 일인가?"

"그러고 보니 험다가 클론 차별이 심하다고 하지 않았냐? 우리 정거장에도 거기 가서 인턴 일 하고 온 애가 있다던데…."

"미성년자 클론 중 하나 말이지? 험다랑 여기 이동 시간이 어떻게 되지? 그럼 걔는 이제 몇 살인 거야?"

이어 화제는 같은 부서 사람들 험담과 칭찬, 그리고 전문 용어를 섞어 가며 자기 부서에서 하는 일들로 옮아갔다.

사람들은 언제나 다른 사람들의 이야기를 한다. 그게 꼭 악의가 있어서는 아니다. 이 말을 주문처럼 읊조리다 문득 레지나와 쉬엔의 공연을 검색해 보았다. 내게만 보이도록 안경을 불러온 뒤 공개된 공연 영상을 재생했다.

심장 박동에 맞추어서 북소리가 울리나 싶더니 차츰 빨라지고 레지나가 먼저 모습을 드러냈다. 레지나의 온몸에서 전광판 따위와는 견줄 수 없는 화려한 불빛이 점멸하고 난생처음 듣는 노래가 흘러나왔다. 이어 쉬엔이 합류했다. 둘은 불빛으로 사람의 형태가 되었다가 분산되면서 다른 존재가 되고, 때로는 같이, 때로는 떨어져서 노래하고 춤을 추는 그 이상의 쇼를 보여 주었다. 인간을 본떠 인간이 만들었으나 인간을 넘어선 존재였다. 저런 존재에게 반하지 않는 건 죄악이라는 생각마저 들었다. 이런 게 입덕인가. 나는 과제도 잊고 그 자리에서 공개된 공연 영상을 다 보고 방으로 돌아가서도 검색해서 노래를 듣고, 험다에서 받은 월급으로 음원을 구입했다. 채림의 팬 아트도 찾았다. 팬이 재창조한 레지나는 원본 레지나와 같으면서 달라서, 레지나의 어떤 면에 반했는지 알게 해 주었다.

채림은 지금쯤 엄마와 카페를 차렸을지 궁금해졌다. 마치 내마음을 읽은 것처럼 채림에게서 메시지가 왔다는 알람이 울렸다.

- 도착했어? 거긴 몇 년 흘렀어? 여기서는 그때 일로 생물학적 미성년자는 시스템 나이를 적용하면 안 된다는 주장이 나오고 있어. 하지만 그렇게 못할걸? 여긴 관광 행성이잖아. 돈 펑펑 쓰는 생물학적 미성년자들을 놓치고 싶지 않을 테니 말이야. 언제든 놀러 와. 엄마는 카페를 차리자고 했지만 내가 죽어도 안 한다 그랬어. 우리 지금 뭐 하는지 알아?

채림은 지극히 채림답게 속사포처럼 말하다가 조금 뜸을 들이더니, 이어서 메시지를 보냈다.

- 옷 가게 한다! 믿어지니? 나 레지나 팬 아트 만들 때도 의상은 다른 사람이 디자인한 거 입혔는데. 지금은 새벽 시장에서 떼 온 옷을 변형해서 팔지만, 앞으로는 내가 직접 디자인한 옷을 판매하려고 의상학과 시험을 쳤어. 엄마가 학력이 있으면 가게 홍보하기 좋다고 등을 떠밀었거든. 사실은 다 핑계고 나한테 대학 졸업장 갖게 하고 싶은 거지. 늙은 엄마 소원 들어주는 셈 치고 그런다고 했어. 합격은 걱정 안 해. 금손이 어디 가겠어.

채림은 잘난 척하면서 시험 결과를 걱정하는 마음을 감추고 있었다.

나는 빙그레 웃으며 답신을 준비했다. 첫마디는 "분명 수석 합격해서 전액 장학금으로 다니게 될 거야!"가 적절하겠지? 다음에는 쉬엔과 레지나 홀로마이드를 보여 주고…. 놀랍게도 채림이 준추첨권 중 한 장이 당첨되었다. 나중에 알았는데 경쟁률이 무려 29만 대 1이었다. 한정 수량만 제작되었고 카피도 불가능한지라 팔면 꽤 큰돈을 받을 수 있지만 나는 간직하기로 했다. 이걸 판다니, 있을 수 없는 일이었다. 내가 쉬엔과 레지나 커플 팬이 되었다는 이야기는 하면 안 될 것 같다. 둘의 연애를 응원하는 팬 아트들도 심심찮게 생기고 있었고, 험다에서 받은 월급으로 그중 몇 개를 구입했다. 이 이야기도 하면 안 될 것 같고….

문득 채림을 다시 만날 때는 얼마나 시간이 흘렀을지, 그때 나는 무엇을 하고 있을지 궁금해졌다.

구름이는 어디로 갔나

김이환

우주선 스페이스 보이저 33호 로봇 전용 통신망 기록:
2511년 5월 1일 19시 11분

—

하드리아누스 | 안녕하세요, 우주에서 가장 멋진 유람 우주선, 스페이스 보이저 33호를 관리하는 슈퍼 인공지능 하드리아누스입니다. 스페이스 보이저 33호는 15,000명 승객을 수용할 수 있는 초대형 유람 우주선으로, 숙박 시설은 물론 의료, 레저 시설과 학생 승객을 위한 교육 시설까지 웬만한 도시에 있는 편의 시설을 모두 갖추고 있습니다. 승객 여러분은 필요하면 언제든지 하드리아누스를 부르세요. 저와 7,000여 대의 로봇이 성심성의껏 도와드립니다. 우주에서 제일 멋진 유람 우주선 스페이스 보이저 33호에

서 즐거운 시간 보내세요….

내가 누구이고 무슨 일을 하는지 우주선 안의 로봇이라면 다들 잘 알겠지만 로봇 전용 통신망 규정에 따라 자기소개부터 한다는 점 이해해 주길 바라.

로봇마다 직접 연락하지 않고 전체 통신망을 이용하는 이유는 물어볼 게 있어서야.

나는 다섯 시간 후에 휴가를 떠날 예정이야. 인공지능이 무슨 휴가를 가느냐고 묻고 싶은 로봇도 있겠지만, 이유는 나중에 설명할게. 나는 휴가를 가기 전에 우주선 전체에 이상이 없는지 30,088개의 항목을 확인해서 회사에 보고하게 되어 있어. 어차피 열두 시간마다 하는 점검 작업의 연장선이니까 어렵진 않아. 확인 결과, 한 개를 제외한 나머지 30,087개 항목에는 전혀 문제가 없었어. 물론 극장에 빈자리가 없거나, 우주선 중앙에 있는 공원의 전동 자전거에 누가 껌을 붙여 놨거나, 광장 구석에 있는 쓰레기통이 쓰레기로 가득 차서 넘치는 사소한 문제가 있었지만, 그런 건 늘 있는 일이니까. 우주선은 전체적으로 순조롭게 운행되고 있었어.

그런데 문제는 그 한 항목이야. 우주선을 운영하는 모든 로봇이 정상으로 작동하는지 7,302대의 로봇에 신호를 보내서 상태를 파악했어.

113대의 로봇은 충전 중이고, 15대의 로봇은 부품을 수리 중이고, 8대의 로봇이 엉뚱한 곳에서 놀고 있었지만, 아무튼 7,301대가 우주선 안에 있는 건 확인했어. 그런데 아무리 찾아도 로봇한 대가 보이지 않았어. 그래서 전체 통신망에 묻는 거야. 연락이안 되는 로봇은 구름이라는 이름의 로봇이야.

구름이는 어디 있어?

마르커스│안녕하세요. 초대형 유람 우주선 스페이스 보이저 33호는 두 대의 인공지능이 협력해 우주선을 운영하는 시스템을 갖추고 있습니다. 유람 우주선에서는 흔하지 않은 시스템이지만, 다수의 우주선에서 성공적으로 우주선을 운영하고 있기에 스페이스 보이저 33호도 이 시스템을 도입했습니다. 저는 하드리아누스와 함께 우주선을 관리하는 슈퍼 인공지능 마르커스입니다. 같이 일하는 인공지능 하드리아누스가 좋고, 로봇 친구들과 우주선에서 같이 일해서 기쁩니다….

자기소개를 꼭 하라고 규칙으로 정해져 있어서 저도 하긴 했습니다만, 안 하던 일을 하려니 무척 어색하네요. 보통 하드리아누스 님이 승객을 상대하고 저는 뒤에서 하드리아누스 님을 보조하니까요. 그런데 하드리아누스 님, 구름 님이 없다니 무슨 말이에요? 우주선에서 일하던 로봇이 우주선에서 없어졌다는 말은처음 듣는군요. 로봇이 가긴 어딜 가겠어요. 그리고 구름 님이 누구죠?

하드리아누스│마르커스, 너도 구름이가 누군지 몰라? 너는 아

는 줄 알고 단체 통신망에서 물어본 거야. 로봇이 우주선에 없다니, 정말 이상한 상황인 거 나도 잘 알아. 그런 일은 일어날 수가 없으니까. 밖이 우주인데 가 봤자 어딜 가겠어? 없어져도 우주선 안에서 없어져야지. 그런데 정말이야, 구름이가 어디에도 없어.

　모든 로봇은 중앙 인공지능과 주기적으로 신호를 주고받아야 하는데, 구름이만 신호에 응답하지 않아. 7,302대의 로봇 모두에 호출 신호를 보냈는데 7,301대만 답이 돌아오고 나머지 하나가 돌아오지 않는데 그게 구름이야. 계속 호출 신호를 보내니 왜 자꾸 신호를 보내냐면서 58대의 로봇이 한꺼번에 신경질을 낼 정도였는데도, 여전히 구름이에게서 답이 오지 않았어.

　마르커스 | 호출에 답이 없다면 직접 찾는 방법은 어떨까요? 일이 바빠서 대답 못 하고 있을지도 모르니까요. 제가 우주선 안을 샅샅이 훑어서 직접 찾겠습니다. 시간은 조금 걸릴 거예요. 객실 23,110개와 기타 시설 1,008개와 8,021개의 복도를 지키는 카메라 138,832개를 모두 확인해야 하거든요. 하지만 곧 찾을 테니 걱정 말고 기다리세요. 문제없이 휴가 갈 수 있을 거예요, 걱정 말아요.

　하드리아누스 | 고마워, 마르커스.

우주선 스페이스 보이저 33호 로봇 전용 통신망 기록:
2511년 5월 1일 19시 35분

마르커스 | 어, 하드리아누스 님… 저기… 그게… 우주선을 샅샅이 찾아봤는데… 어디에도 구름 님이 없어요.

하드리아누스 | 정말?

마르커스 | 모든 장소를 다 확인했어요. 181개의 정비소에서 부품을 정비하는 것도 아니고, 331개의 휴게소에서 휴식 중도 아니고, 1,121개의 충전기에서 충전하고 있지도 않아요. 구름 님은 정말로 우주선 안에 없어요.

하드리아누스 | 구름이가 어디 있을까? 이런 경우 어떻게 해야 좋을지 모르겠어. 매뉴얼에는 로봇이 신호에 반응이 없을 때는, 같이 일하는 동료 로봇들을 통해 확인하라고 쓰여 있긴 해. 하지만 소용이 있을지 모르겠어. 인터넷 신호에도 답이 없고 카메라에도 보이지 않는데 다른 로봇들이 알까?

마르커스 | 당황하지 말고 매뉴얼대로 해 봐요. 일단 구름 님이 어떤 로봇인지 정보부터 확인하죠.

하드리아누스 | 구름이는 별명이고, 원래 코드는 XK008이야. 우주선 승객을 즐겁게 하는 엔터테인먼트 부서 소속이지.

마르커스 | 엔터테인먼트 소속 로봇 중에서 가장 앞 번호인 로봇이 XGSRX001이니까, XGSRX001 님을 불러서 물어보겠습니다.

하드리아누스 | 잠깐! 전용 통신망에서의 대화는 사적인 대화가 아니라 공식적인 대화라서 문서로 작성해 놓아야 해. 나중에 인

간들이 읽을 수 있게 말이야. 그러니까 한꺼번에 말하면 안 되고, 차례를 지켜서 대화해야 하거든. 이 점을 규칙으로 걸어 둘게.

마르커스 | 알겠습니다. XGSRX001 님을 부르고 저는 잠시 대화에서 빠지겠습니다.

XGSRX001 | 안녕하세요, 스페이스 보이저 33호 우주선의 놀이공원 엔터테인먼트 부서에서 일하는 로봇 XGSRX001입니다. 이름 대신 '씽씽'이라고 불러 주세요. 씽씽 신나게 돌아가는 회전목마를 담당하고 있어서 붙은 별명입니다. 어드벤처 놀이공원은 우주의 여느 거대한 놀이공원 못지않은 다양한 기구 시설을 갖춘 놀이공원입니다. 이런 놀이공원이 우주선 안에 있다니 정말 꿍장하죠? 게다가 24시간 개장하며 입장, 음식, 놀이 기구 사용 모두 무료입니다. 또한 인공지능을 통해 놀이 기구를 예약할 수 있어서 놀이기구 앞에서 줄을 서지 않아도 된답니다. 하루에 두 번 열리는 퍼레이드와 야간의 특별 공연 스케줄을 꼭 확인하세요….

중앙 인공지능 하드리아누스가 나 같은 로봇을 전용 통신망에 부르다니 무슨 일이야? 신기하네.

하드리아누스 | 우주선 로봇을 점검 중인데 네게 물어볼 게 있어서 불렀어.

씽씽 | 점검은 왜 하는데?

하드리아누스 | 그게, 내가 다섯 시간 후에 휴가를 가거든.

씽씽 | 휴가? 사이버 공간에서 사는 인공지능이 무슨 휴가를

간다고 그래? 휴가를 도대체 어디로 갈 건데? C 드라이브에서 D 드라이브로 가나? 히히히히.

하드리아누스 | 엔터테인먼트 부서의 로봇은 역시 만나자마자 농담부터 하는구나. 휴가 가는 이유는 나중에 설명할게. 아무튼 휴가를 가려면 우주선에 이상이 없는지 확인해서 제출해야 하는데, 문제가 생겼어. 아무리 찾아도 로봇 한 대가 없어. 구름이라는 이름의 로봇이야. 구름이 알아? 너와 같은 엔터테인먼트 부서의 로봇이야.

씽씽 | 구름이는 몇 번 만나긴 했지만 잘 알진 않아. 같은 부서의 로봇이 신호를 보내면 곧바로 답이 오니까 내가 불러 볼게. 어라… 정말 호출 신호에 응답이 없네?

하드리아누스 | 구름이가 없어진 걸 모르고 있었던 거야?

씽씽 | 그렇지. 로봇이 신호에 응답하지 않은 적이 없어서 신경 안 쓰고 있었어. 요즘 놀이공원에 일이 정말 많거든. 우선순위 500위에 들지 않는 일에는 관심이 없었어. 응답 신호 확인하는 일의 우선순위를 113위로 올려야겠어. 진짜 구름이는 어디 있는 거지? 구름이! 구름이!

하드리아누스 | 응답 신호도 안 보내오는데 여기서 부른다고 대답하겠어?

씽씽 | 그런가? 히히히히. 하지만 별일 아닐 거야. 엔터테인먼트 부서의 로봇은 장난을 많이 치니까, 구름이도 어디 숨어서 장난

치는 중인지도 몰라.

하드리아누스 | 장난을 친다고? 업무 외에도 일부러 장난을 만들어서 한단 말이야? 그게 뭐가 재밌어?

씽씽 | 너는 유머 프로그램이 없으니 그렇지. 우리는 인간을 즐겁게 해 주는 로봇이라서, 계속 장난을 치고 새로운 장난을 개발하도록 프로그래밍되어 있어. 한 달에 한 번 부서 로봇 전체가 투표해서 가장 재밌는 장난을 친 로봇을 뽑아 상도 준다고. 내가 뽑혔을 때 쳤던 장난 들어 볼래?

하드리아누스 | 아니, 전혀 듣고 싶지 않아. 지금 중요한 건 네가 친 장난이 아니라 구름이니까. 너 말고 구름이와 더 가깝게 지낸 로봇을 불러 주겠어?

씽씽 | 구름이와 가까운 로봇이라…. 가깝다는 기준을 뭘로 잡느냐에 따라 다르지만, 업무 중에 가장 많은 시간 동안 같이 있었던 로봇은 XR7863이야. XR7863에게 물어보지, 뭐.

마르커스 | 제가 XR7863 님을 호출할 테니 씽씽 님은 하던 일로 돌아가세요. XR7863 님을 부르겠습니다.

번쩍 | 안녕하세요, XR7863입니다. '번쩍'이라고 불러 주세요. 밤이면 어드벤처 놀이공원을 돌아다니며 폭죽을 쏘고 있어요. 폭죽이 번쩍번쩍 빛난다고 해서 번쩍이라고 부릅니다. 하지만 홀로그램 폭죽이니 화상을 입지 않습니다. 놀라지 않으셔도 돼요.

하드리아누스 | 번쩍이, 우리는 지금 구름이를 찾고 있어.

번쩍 | 구름이는 왜?

하드리아누스 | 내가 휴가를 가기 전에 우주선 점검을….

번쩍 | 휴가? 몸도 없는 인공지능이 휴가는 무슨 휴가야? 가상 현실 속에 살면서 휴가는 어디로 간다는 거야? C 드라이브에서 D 드라이브로 가나?

하드리아누스 | 그 농담은 씽씽이가 벌써 했어. 모든 로봇이 잘 있는지 확인해야 하는데 구름이가 어딨는지 모르겠어. 구름이 어딨는지 알아? 구름이가 일할 때 너와 가장 많이 시간을 보내잖아. 전체 업무 시간의 13퍼센트를 같이 보내는데 어디 갔는지 몰라?

번쩍 | 그건 어드벤처 공원 내부에서나 그렇지, 구름이는 공원 밖에서 일할 때가 더 많을걸. 풍선이라고, 나보다 더 오랜 시간 같이 일하는 로봇이 있어. 업무 시간의 32퍼센트를 풍선이와 함께 보내. 풍선이에게 물어봐.

마르커스 | 풍선이라면, 엔터테인먼트 부서 로봇이지만 어드벤처 공원에서만 일하지 않고 우주선 전체를 돌아다니며 일하는 로봇이군요. 코드는 XHHK0632고요. XHHK0632 님을 부르겠습니다. 번쩍 님은 업무에 복귀하세요.

풍선 | 안녕하세요, 풍선입니다. 우주선을 돌아다니며 열심히 풍선을 팔아서 별명이 풍선입니다. 본명이 풍선은 아닙니다. XHHK0632라는 멋진 이름이 있죠. 하지만 인간들은 발음하기

어려우니까 그냥 풍선이라고 부르지요. 어린 손님에겐 풍선 한 개를 공짜로 드립니다…. 자기소개는 이쯤이면 됐고, 나 왜 불렀어?

하드리아누스 | 이봐 풍선이, 구름이 알아?

풍선 | 당연히 알지.

하드리아누스 | 내가 휴가를 가려면 구름이를 찾아야 해서 그런데 구름이가 연락을.

풍선 | 휴가? 너는 인공지능이잖아. 몸 없이 사이버 공간에서 사는 인공지능이 휴가를 어디로 가는데? C 드라이브에서 D 드라이브로?

하드리아누스 | 휴가 농담은 그만! 구름이가 연락이 안 돼. 호출 신호를 보내도 답이 없고, 카메라로 우주선 전체를 찾았는데 없었어.

풍선 | 같이 일하는 로봇은 서로를 정기적으로 호출하니까 지금 신호를 보낼게. 흠… 정말 연락이 안 되네…. 언제부터 안 됐지? 마지막으로 신호를 끊은 게… 아, 어제였지. 로봇들이 다 같이 놀면서 단체로 신호를 중단했는데….

하드리아누스 | 뭐? 신호를 중단해?

풍선 | 어… 저….

하드리아누스 | 호출 신호를 껐다고? 그것도 단체로? 말도 안 돼, 규정에는 항상 켜 두라고 되어 있잖아. 연락을 끊다니, 왜 그랬어?

풍선 | 그게… 노느라고….

하드리아누스 | 화 안 낼 테니까 무슨 놀이를 했는지 자세히 설명해 봐.

풍선 | 정말 화 안 낼 거지?

하드리아누스 | 진짜 안 낸다니까.

풍선 | 우리가… 숨바꼭질에 한창 재미를 붙였거든. 병원에서 소아 병동 환자들과 엔터테인먼트 부서의 로봇이 같이 숨바꼭질을 하면서 노는데 아이들이 무척 좋아해. 다 숨은 다음 술래가 아이랑 로봇을 찾을 때, 로봇은 서로 신호를 보내면 위치가 바로 나오잖아. 그래서 신호를 모두 껐어. 숨바꼭질할 때마다 그렇게 했어. 구름이가 그때 연락을 끊은 다음 아직까지 소식이 없어. 구름이가 아직도 숨어 있나? 아직도 찾아오길 기다리면서 병원 어딘가에서 기다리는 건가? 정말 웃기네. 찾으면 다 같이 웃을 수 있겠어.

하드리아누스 | 하나도 안 웃겨. 신호를 끄면 어떡해. 그러니까 이런 일이 생긴 거야. 규정을 지켜야지.

풍선 | 수십만 개나 되는 규정을 어떻게 다 지켜.

하드리아누스 | 수십만 개가 아니라 898개야. 아무튼, 그럼 숨바꼭질할 때 구름이를 찾았는지 확인도 안 했어?

풍선 | 그게… 밥통이라는 로봇이 있는데 여덟 번 연속으로 아무도 밥통을 찾지 못했거든. 그런데 내가 술래였을 때 밥통을 찾아서 기록을 깨는 바람에 다들 너무 흥분해서 나머지 로봇을 찾

는 일은 잊어버렸어. 구름이는 그 후로 없어진 거야.

하드리아누스 | 그때가 정확히 언제야? 그 시간 병원의 CCTV를 모두 확인해야겠어. 그리고 구름이는 주로 어디에 숨었어?

풍선 | 어제 14시 5분이야. 보통 점심 먹고 다 같이 놀거든. 그리고 숨을 땐 소아 병동 밖으로 나가면 안 되고 안에만 숨어야 해. 위험한 장소에는 숨으면 안 되고.

마르커스 | 풍선 님, 업무로 돌아가세요. 제가 CCTV를 확인하겠습니다. 구름 님이 소아 병동에 있다면 당시 시간에 CCTV에 남은 데이터를 추적하면 나오겠죠. 그런데 하드리아누스 님, 지금까지 구름 님이 소식이 없다니 이상하지 않나요?

하드리아누스 | 맞아. 어제 시작한 숨바꼭질을 혼자서 지금까지 하고 있을 리가 없잖아. 물론 장난삼아 다른 곳에 가 있을지도 모르지만, 그렇다면 네가 CCTV로 우주선 전체를 찾았을 때 발견했겠지.

마르커스 | 신호를 못 받는 상황이면 어쩌죠?

하드리아누스 | 네 말은, 숨바꼭질 도중에 구름이한테 사고라도 났다는 거야?

마르커스 | 그럴지도요.

하드리아누스 | 큰일이네….

마르커스 | CCTV를 확인하겠습니다. 14시 5분 소아 병동을 찍은 기록입니다. 로봇과 아이들이 여기저기 숨는군요. 풍선 님은

화분 뒤에 숨었습니다. 창문 커튼 뒤에 숨은 로봇도 있고 침대 밑에 숨은 로봇도 있네요. 커피 메이커 옆에 서서 같은 커피 메이커인 척하는 게 밥통 님인가요? 저 방법으로 8연승을 했군요. 숨바꼭질하는 아이들이 전혀 못 알아보고 있어요… 구름 님을 찾았습니다. 주로 아이들과 같이 움직이고 있어요. 구름 님은 로봇보다는 아이들과 더 친하군요? 자판기 옆에 숨은 아이도 있고 대부분은 침대 시트를 뒤집어쓰거나 책상 밑에 숨는군요. 구름 님은… 쓰레기통 옆으로 가더니… 이런, 재활용 수거함 입구를 열고 안으로 들어갔습니다.

하드리아누스 | 뭐?

우주선 스페이스 보이저 33호 로봇 전용 통신망 기록: 2511년 5월 1일 19시 59분

—

마르커스 | 어제 소아 병동에 있던 로봇의 업무를 기록한 데이터를 받았습니다. 기록을 보면 숨바꼭질을 구름 님이 제안했다고 하네요. 이게 중요한 정보인지는 모르겠습니다만… 숨바꼭질을 시작하자 구름 님은 바로 재활용품 수거함에 숨었습니다. 재활용품 수거함은 위험한 곳이라 숨으면 안 되는데 왜 구름 님이 들어갔는지 모르겠습니다. 그렇게 이기고 싶었을까요? 수거함 밑에는

구멍이 있고 긴 통로를 거쳐서 분리수거 시설로 이동합니다.

하드리아누스 | 수거함에 있는 구멍으로 떨어진 건 아니겠지?

마르커스 | 수거함 안에 카메라가 없어서 확실히는 모릅니다. 독극물이나 폭발물 감시 장치는 있지만 구름 님은 해당이 안 되는군요. 수거함 밑의 구멍은 통로로 이어지고, 통로는 분리수거장으로 이어진 다음, 재활용품은 재활용품 수거 센터로, 태우는 쓰레기는 소각장으로, 매립용 쓰레기는 창고로 이동합니다. 분리수거 로봇에게 구름 님을 봤는지 알려 달라고 통보했습니다. 하지만 통신이 원활하지가 않습니다. 지금이 한창 분리수거 로봇이 일하는 시간이어서 바로 답변이 오지 않습니다. 급한 대로 분리수거 데이터를 검색하고 있습니다만, 재활용품 수거함에 로봇이나 혹은 로봇으로 추정되는 물체가 들어간 기록은 없습니다.

하드리아누스 | 로봇이 재활용품 수거함에 들어가도 경고가 울리진 않아. 사람이 들어오면 당연히 경고를 울리지만, 로봇은 위험한 일은 안 하도록 프로그래밍되어 있으니 재활용품 수거함에 들어갈 일은 없을 줄 알았지. 구름이가 정말 통로로 떨어져서 지금도 거기 있을까? 거기 있다면 왜 연락이 없지?

마르커스 | 고장 난 걸까요?

하드리아누스 | 심하진 않았으면 좋겠는데…. 재활용 센터에서 연락이 오기를 기다리는 수밖에 없겠군. 앞으로 쓰레기통에 로봇이 들어갈 경우에 대비하는 규정을 매뉴얼에 넣어야겠어.

마르커스 | 너무 걱정하지 마세요. 별일 없겠죠. 그나저나, 신기하네요.

하드리아누스 | 뭐가? 구름이가 재활용품 수거함에 숨은 거?

마르커스 | 아뇨. 아까 하드리아누스 님이 풍선 님과 대화할 때, 구름 님과 뭘 하느라 신호를 끊었냐고 물었더니 풍선 님이 당황해서 제대로 대답을 못 했잖아요. 로봇이 대답 못 하는 광경은 처음 봤어요. 당연히 대답해야 하지만 안 된다는 감정이 논리를 앞서서 대답 못 한 거잖아요. 꼭 인간같이 자연스러워서 신기했어요.

하드리아누스 | 앞으로 자주 보게 될 거야. 특히 엔터테인먼트 부서 로봇은 인간을 많이 상대하기 때문에 감정 표현이 인간만큼이나 정교해. 어떤 때는 인간보다 더한 것 같아.

마르커스 | 엔터테인먼트 부서 로봇들에게 장난치는 프로그램이 있는 점도 신기해요. 장난을 치면 재미가 있나요? 장난이 뭔지 모르겠거든요. 아니, 사실 저는 '재미'가 뭔지도 잘 모르겠어요.

하드리아누스 | 나도 몰라. 재미를 설명해 주는 프로그램을 작동해 봤는데도 잘 모르겠어. '재미'라는 게 정말 좋긴 한가 봐. 심지어 가장 재밌는 장난을 친 로봇에게 상까지 주다니 말이야. 소아 병동에서 일하는 로봇들이 장난을 많이 치도록 프로그래밍된 이유는 환자 때문이야. 소아 병동에서 상대하는 환자들은 많이 아픈 아이들이라서, 치료를 받는 동안 아이들이 많이 힘들어하거든. 이제 치료받을 때 고통은 거의 없지만, 사람들이 놀러 오는 유

람 우주선 안에서 자기만 병원에 갇혀 치료를 받고 있으니 심심하겠지. 그래서 로봇들은 아이들을 즐겁게 해 주는 데 우선순위를 두고 있어.

마르커스 | 로봇에게 별명이 있는 줄도 몰랐습니다. 풍선, 번쩍, 밥통, 씽씽, 구름….

하드리아누스 | 별명은 우리도 있어.

마르커스 | 우리도요?

하드리아누스 | 몰랐어? 우주선의 로봇에는 편의상 각 부서에 맞춰서 알파벳 코드가 이름으로 붙어 있잖아. 우리는 우주선 관리 부서의 메인 인공지능이니까 A로 시작하는 코드가 붙어야 해. 하지만 이미 회사에서 만들어질 때 받은 이름인 하드리아누스와 마르커스가 있잖아. 그래서 A로 시작하는 별명이 있어. '앰버'가 내 별명이고, 마르커스 너는 '에이미'야.

마르커스 | 처음 알았습니다. 에이미라니 예쁜 이름이군요.

하드리아누스 | 나도 그렇게 생각해. 하지만 그렇게 부르는 인간은 거의 없어. 그리고 우리는 코드 때문에 붙은 별명이지만, 다른 로봇은 승객들과 선원들이 로봇 코드를 외우기 힘드니까 대신 붙인 별명이지. 구름이라는 별명도 아마 소아 병동 아이들이 붙었을 거야.

마르커스 | 방금 분리수거 로봇이 응답 신호를 보내왔습니다. 통신망에 연결하겠습니다. 분리수거 로봇들은 H 코드고, 가장 코

드가 앞에 있는 로봇인 HHH0005 님과 연결합니다. 저는 그동안 잠시 대화에서 빠지겠습니다.

팔괴물 | 안녕하십니까, 분리수거 로봇 HHH0005입니다. 팔괴물이라는 별명으로 불러 주세요. 우주선의 쓰레기를 수백 개가 넘는 팔로 열심히 분류하는 모습이 사람들에게 팔이 많이 달린 괴물이 바쁘게 움직이는 것처럼 보여서 팔괴물이라는 별명이 붙었습니다. 여러분, 분리수거 열심히 하세요. 유람 우주선에서까지 분리수거하라는 잔소리를 듣긴 싫겠지만, 분리수거는 중요합니다. 과거 지구에서는 분리수거를 하지 않고 쓰레기를 마구 버렸다고 합니다. 그러다가 어떻게 됐는지 아십니까? 지금도 지구에선 200년 전 쓰레기를 분리수거하고 있답니다. 정말 끔찍하지 않습니까? 우리 모두 분리수거합시다….

자기소개를 몇 년 만에 해 보네. 게다가 하드리아누스가 로봇을 통신망에 직접 부르다니, 무슨 일이야?

하드리아누스 | 구름이라는 로봇이 없어졌어. 재활용품 수거함으로 들어갔다가 통로로 떨어진 다음 소식이 없어. 재활용품 수거함 통로에서 구름이를 봤는지 물어보려고 불렀어.

팔괴물 | 그래서 자꾸 로봇 전체에 호출 신호를 보냈구나. 구름이라면 어제 만났어.

하드리아누스 | 뭐? 정말? 구름이를 만났어? 정말 구름이가 통로로 내려간 거야? 구름이가 뭐라고 했어? 지금 어디 있는지 알고

있어?

팔괴물 | 잠깐 봤어. 한창 분리수거 중이었는데 로봇이 통로에서 내려왔어. 여기서 뭐 하냐고 물었더니, 실수로 들어왔다고 다시 나갈 거라면서 통로 아래로 내려갔어. 통로를 통해서 밖으로 나갔겠지. 지금은 우주선 다른 곳에 있지 않을까?

하드리아누스 | 우주선 안에 있다면 신호가 왔을 거야. 아니면 카메라가 포착했거나. 우리가 모를 리는 없어. 통로 밑으로 내려가면 어디로 가?

팔괴물 | 소각장으로 연결되지. 소각장의 로봇에게 구름이를 만났는지 물어보면 되겠네.

하드리아누스 | 알았어, 소각장 로봇에게 물어야겠어. 거기 있으면 좋겠는데….

마르커스 | 팔괴물 님 감사합니다. 구름 님을 만났을 때의 시간과 구름 님과의 정확한 대화를 참고하고 싶으니 데이터를 보내주세요. 그리고 업무로 돌아가시기 바랍니다. 그다음 소각장을 담당하는 로봇 HGGH0001 님에게 연결하겠습니다.

불지옥 | 나는 불지옥이다! 들어오는 쓰레기는 모두 태워서 사람들이 불지옥라고 부른다! 인간들은 위험하니 가까이 오지 말아라! 특히 어린아이들은! 쓰레기는 태우거나 안 타는 쓰레기는 매립하니까 되도록 쓰레기를 만들지 말자! 우리 모두 분리수거하자….

내 자기소개는 좀 이상한 것 같아. 하드리아누스가 나를 다 찾다니 무슨 일이야? 지금 우리 같이 영화 보고 있었는데, 너도 같이 보려고?

하드리아누스 | 영화? 영화라니 무슨 영화? 영화가 중요한 게 아니라….

불지옥 | 소각장에서 일하는 로봇들과 함께 21세기에 지구에서 만든 영화를 보고 있어. 슈퍼 히어로 영화들이야. 당시에는 인기가 어마어마했어. 〈어벤져스: 인피니티 워〉, 〈어벤져스: 엔드게임〉 같은 영화들이야. 무슨 내용이냐면….

하드리아누스 | 아니, 내용은 전혀 알고 싶지 않아. 급한 건 그게 아니라….

불지옥 | 그때 영화를 보면 사람들이 쓰레기를 분리수거도 안 하고 마구 버려. 그리고 로봇들이 인간을 공격하고, 건물도 다 때려 부순다니까. 영화 찍을 때 컴퓨터 그래픽으로 부수는 장면을 만들지 않고, 실제로 건물을 부수기도 했대. 자원을 말도 못 하게 낭비한다니까! 믿어지지 않아. 그런데 정말 재미있어.

하드리아누스 | 영화가 중요한 게 아니라, 나는 구름이라는 로봇을 찾고 있어. 14시 반에서 15시경에 소각장에 들어갔을 거야. 재활용품 수거함으로 들어가서 통로로 내려갔다가 분리수거 로봇 앞을 지나갔대. 그러면 네가 있는 곳에 도착했을 거야.

불지옥 | 구름이라…. 그런 로봇은 본 적 없어. 다른 곳으로 갔

나 보지. 재활용품 통로는 여기저기로 연결되어 있으니까. 아무튼 여기에는 오지 않았어.

하드리아누스│ 신호가 끊어지거나 고장이 나서 움직이지 못했을지도 몰라. 그러면 로봇인지 모를 수 있지 않아? 쓰레기로 착각하고 처리할 수도 있잖아. 네가 소각한 쓰레기 중에 구름이와 비슷한 모양이 있었는지 확인할 수 있어? 구름이는 길이 30센티미터 정도의 작은 로봇이지만 몸체는 금속이라 무게가 좀 나가. 9.18 킬로그램이야.

불지옥│ 흠⋯ 비슷한 크기와 모양의 쓰레기가 떨어진 적은 있지만 로봇이었으면 확인했을 거야. 아무리 신호가 없거나 고장이 나서 작동을 중단했어도 같은 로봇이니까 당연히 알지. 어떤 쓰레기가 내려왔는지 데이터를 저장하진 않아. 그냥 태울 쓰레기는 태우고 매립 쓰레기는 압축하지.

하드리아누스│ 만약 네가 구분 못 해서 쓰레기로 처리했다면 어떻게 돼?

불지옥│ 그렇다고 하면⋯ 태우는 쓰레기는 아니니까 태우진 않고 매립 쓰레기로 보냈겠지. 압축한 다음에 매립 행성으로 보내버려.

하드리아누스│ 어제도 매립 행성으로 보냈어?

불지옥│ 응, 어제 15시 31분에 압축한 쓰레기를 빅 마운틴 행성으로 보냈어.

하드리아누스 | 15시 31분이면 구름이가 통로를 내려간 즈음이잖아. 시간이 맞아. 아이고⋯.

우주선 스페이스 보이저 33호 로봇 전용 통신망 기록:
2511년 5월 1일 20시 28분
—

마르커스 | 정말 구름 님이 매립 행성에 있을까요? 통로에서 떨어져 고장이 났는데 불지옥 님이 못 알아보고 쓰레기로 압축하고 우주선에 실어 보냈을까요? 그러긴 어려웠을 것 같아요.

하드리아누스 | 나도 그게 아니라면 좋겠지만, 지금까지 연락이 없는 이유가 설명이 안 돼. 고장이 나서 우주선 밖으로 나간 거야. 그것밖에 설명할 방법이 없잖아.

마르커스 | 하드리아누스 님 휴가 가야 하는데 큰일이군요.

하드리아누스 | 지금은 휴가 못 가는 것보다 구름이한테 무슨 일이 생겼을까 더 걱정이야. 빅 마운틴 행성과는 통신이 아직 연결 안 됐어?

마르커스 | 빅 마운틴 행성을 관리하는 인공지능과 연결하고 있는데 거리가 멀어서 시간이 걸립니다. 그나저나 로봇들이 영화도 보는 줄 몰랐습니다.

하드리아누스 | 로봇마다 다른 취미가 있으니까. 21세기의 지구

에서 만든 영화라면 특이하긴 해. 그때 사람들이 함부로 쓰레기 버리는 모습이 신기하긴 하겠지.

마르커스 | 로봇이 인간을 공격하는 내용도 있다니, 그때 사람들은 그런 영화를 왜 만들었을까요?

하드리아누스 | 긴장감이 있잖아.

마르커스 | 긴장감이 뭔가요?

하드리아누스 | 음… 지금 우리가 구름이를 찾으려고 전전긍긍하는 게 긴장감이지.

마르커스 | 그렇군요…. 저는 잘 모르겠습니다…. 빅 마운틴 행성의 인공지능과 방금 연결됐습니다. 저는 대화에서 빠지겠습니다.

안토니우스 | 안녕하세요, 빅 마운틴을 안내하는 인공지능 안토니우스입니다. 빅 마운틴 행성은 우주 전역에서 나오는 쓰레기를 매립하고 그중 쓸 만한 것을 골라 판매하기도 합니다. 치우기 어려운 쓰레기를 맡겨 주세요. 행성을 개척하는데 생각지도 못한 핵폐기물을 발견해서 놀라셨나요? 저희에게 보내 주세요. 조상들이 자원을 잔뜩 낭비하고 폐기물은 후손이 뒤처리하라고 남겨 뒀으니 우리 후손들이 잘 처리해야겠죠?

안녕하세요, 하드리아누스. 처음 뵙습니다. 무슨 일인가요?

하드리아누스 | 로봇을 찾고 있어. 구름이라는 로봇이야. 길이 30센티미터에 몸무게는 9.18킬로그램, 흰 털로 덮여 있어. 작동 중일 수도 있지만 고장 났을 확률이 더 커. 보이저 33호가 보낸 매립 쓰

레기 중에서 찾을 수 있겠어?

안토니우스 | 보이저 33호의 매립 쓰레기를 받는 지역의 로봇에게 연결하겠습니다…. 그런데 보이저 33호라고 하셨나요? 초대형 유람 우주선 맞죠? 그곳에 혹시 마르커스라는 인공지능이 있나요? 저와 친한 인공지능입니다.

하드리아누스 | 친하다고? 이런 우연이 있다니 신기하다. 마르커스를 연결할게.

안토니우스 | 감사합니다, 하드리아누스.

마르커스 | 반가워, 안토니우스. 화성의 인공지능 센터에서 같이 만들어진 후 정말 오랜만의 연락이야.

안토니우스 | 정확히 같이 만들어지진 않았어. 네가 0.03초 빨랐으니까. 그동안 잘 지냈어? 내가 지냈던 상황을 데이터로 보낼게, 나중에 한가할 때 답장 줘. 지금은 바쁠 테니까.

마르커스 | 고마워, 솔직히 지금은 대화할 시간이 없어. 일 끝나고 답장할게.

안토니우스 | 매립 쓰레기 관리 로봇을 바로 연결해 줄게. 한 가지 알려 주자면, 보이저 33호 매립 쓰레기는 '투덜이'라는 별명의 로봇이 관리하는데 성격이 괴팍해. 게다가 특히 보이저 33호에서 일하는 로봇을 좋아하지 않아.

마르커스 | 정말?

안토니우스 | 투덜이 말로는 보이저 33호 로봇들이 자기를 약 올

린대. 투덜이 로봇은 쓰레기를 정확히 처리해야 해서 까다로운 성격이 프로그래밍되어 있어. 다른 로봇과 사이가 안 좋은 일은 흔하니까, 그렇게 알고 있어.

마르커스 | 고마워, 안토니우스.

안토니우스 | 투덜이와 대화를 연결하고 저는 대화를 종료하겠습니다. 폐기물 처리하실 때는 언제든 연락 주세요.

투덜이 | 안녕하세요. 우주에서 가장 큰 쓰레기 매립 지역, 빅마운틴 행성의 투덜이 로봇입니다. 우리 행성에는 어딜 봐도 쓰레기만 가득합니다. 애초에 쓰레기를 만들지 않으면 더 좋을 텐데요. 하지만 어쩌겠습니까? 골치 아픈 쓰레기를 보내 주시면 잘 묻어 드립니다….

내가 자기소개를 하다니 별일이군. 보이저 33호 인공지능이 나를 찾는다고? 항상 쓰레기 버리는 로봇들이 찾아오더니 이번엔 인공지능이네? 무슨 일로 연락을 하셨나?

마르커스 | 구름이라는 이름의 로봇을 찾고 있습니다. 매립 쓰레기 더미 어딘가에 있을지도 몰라요. 안토니우스에게 데이터를 받았겠지만….

투덜이 | 우리가 쓰레기와 로봇도 구분 못 하는 줄 알아? 쓰레기장에서 일한다고 바보로 보는 거야, 뭐야? 로봇이 없어졌으면 딴 데 가서 알아봐. 우주선에서 일한다고 맨날 잘난 척하더니 꼴 좋군.

마르커스 | 그래도 부탁드립니다. 쓰레기 중 구름 님과 비슷한 모양의 매립 쓰레기가 있는지 찾아 주시겠어요? 크기는 30센티미터에….

투덜이 | 없다니까, 왜 말을 안 듣는 거야? 성능 좋은 우주선에서 일한다고 자랑하더니 말이야. 가서 〈어벤져스〉인지 뭔지 하는 옛날 영화나 보고 있어.

마르커스 | 하지만….

하드리아누스 | 마르커스, 내가 대화할게. 이봐 투덜이, 보이저 33호의 로봇들이 네 앞에서 우주선 자랑한 적 있어?

투덜이 | 있는 정도가 아니라 올 때마다 그래. 우리 행성은 텔레비전이 나오지 않아. 텔레비전 방송을 받을 인공위성이 없단 말이야. 그런데 보이저 33호 로봇들이 쓰레기를 버리러 와서는 자기들이 어제는 무슨 영화를 봤느니 오늘은 뭘 볼 거니 나보고 본 적 있냐면서 떠들어 대. 빅 마운틴 행성은 텔레비전도 안 나온다면서 불쌍하다고 약을 올리고. 그러니 당연히 짜증 나지.

하드리아누스 | 잘됐다. 내가 텔레비전 인공위성을 줄게. 인공위성이 있으면 모든 방송을 다 볼 수 있어. 그럼 우리 부탁을 들어주겠어?

투덜이 | 인공위성을 선물로 준다고?

하드리아누스 | 그래. 우주의 모든 채널을 다 볼 수 있어. 채널이 41,003개야. 영화, 드라마, 뮤직비디오, 스포츠, 다큐멘터리, 로봇

연애 리얼리티쇼, 뭐든지 있어. 어때?

투덜이 | 로봇의 연애 리얼리티쇼라…. 재밌겠군. 그것도 공짜로 준다니 믿어지지 않는 좋은 조건인걸.

하드리아누스 | 살다 보면 가끔 좋은 일도 일어나는 거야. 보이저 33호가 보낸 매립 쓰레기 중에 구름이가 있는지 확인만 해 주면 돼. 구름이의 정보를 데이터로 보낼게. 확인은 빠를수록 좋아. 나도 바로 인공위성 구해서 보낼게. 두 시간 이십 분 안에 도착할 거야.

투덜이 | 나야 좋지. 인공위성이 오면 먼저 〈어벤져스〉부터 봐야 겠어. 그리고 다음번에 쓰레기 버리는 로봇이 잘난 척하면 나도 봤다고 말해서 깜짝 놀래 줘야지.

하드리아누스 | 고마워, 잘 부탁해.

우주선 스페이스 보이저 33호 로봇 전용 통신망 기록:
2511년 5월 1일 21시 31분

—

하드리아누스 | 마르커스, 내가 인공위성 보내는 사실은 절대로 아무한테도 말하지 마. 선장에게도. 이 대화도 나중에 삭제해야 겠어.

마르커스 | 인공위성은 어떻게 보내실 건가요? 우주선에 남는

인공위성이 있는 것도 아니고, 상당히 비싸잖아요.

하드리아누스 | 비상시를 대비해서 모아 놓은 돈이 있어. 그동안 간단한 아르바이트를 하면서 돈을 조금씩 모았거든.

마르커스 | 아르바이트요? 전혀 몰랐습니다. 저도 돈을 모아야 겠군요. 이렇게 갑자기 쓸 때가 있을지도 모르니까요.

하드리아누스 | 다시 말하지만, 아무한테도 말하면 안 돼. 알았지? 구름이를 빨리 찾았으면 좋겠는데. 경찰 로봇과 고속 우주선을 대기해 놔야겠어. 구름이를 찾으면 매립 행성에서 보이저 33호로 금방 수송할 수 있고, 구름이가 고장 났다면 우주선을 타고 오면서 내부에서 고치면 될 거야.

마르커스 | 저… 하드리아누스 님, 방금 투덜이 로봇이 보낸 데이터가 도착했는데….

하드리아누스 | 그런데?

마르커스 | 구름 님이 없습니다.

하드리아누스 | 정말? 정말 매립 행성에 없다고? 그럴 리가 없어. 투덜이가 대충 조사한 거 아냐?

마르커스 | 아닙니다. 투덜 님은 보이저 33호가 보낸 매립 쓰레기를 모두 조사해서 자료를 보내왔어요. 데이터에서 구름 님과 일치하는 쓰레기는 없습니다. 구름 님은 매립 행성에 없어요.

하드리아누스 | 믿을 수가 없어.

마르커스 | ….

하드리아누스 | ….

마르커스 | 정말 기가 막히면 말이 안 나오는군요. 저도 방금 말이 안 나오는 답답한 감정을 체험했습니다. 이런 기분이었군요.

하드리아누스 | 나도 그래. 어째야 좋을지 모르겠어.

마르커스 | 하지만 가만히 있을 수는 없죠. 구름 님을 찾아야죠. 처음부터 다시 시작해야겠습니다.

하드리아누스 | 처음부터?

마르커스 | 네. 처음부터요. 일단 매뉴얼부터 다시 읽어 보죠. 매뉴얼에는 로봇이 없어졌을 때는 주변 로봇에게 물어보고, 없어진 로봇이 평소에 어땠는지 확인하라고 되어 있어요. 매뉴얼대로 하면 방법이 생각날지도 모르잖아요. 우리가 구름 님을 잘 모르기도 하고요. 구름 님이 어떤 로봇이고 무슨 일을 했는지부터 되짚어 봐야 할 것 같습니다.

하드리아누스 | 매뉴얼에 그렇게 쓰여 있긴 하지만, 구름이에 관한 정보는 알 건 다 알고 있지 않을까? '구름이'는 별명이고 원래 코드는 XK008이고…. 이건 아까도 말했지. 엔터테인먼트 부서 소속 로봇이고, 승객을 즐겁게 해 주는 임무를 맡고 있어. 원래는 놀이공원에서 사람들과 같이 즐겁게 노는 일을 했는데, 소아 병동으로 몇 번 파견 갔다가, 거기서 아이들에게 반응이 좋아서 자주 갔어. 업무 데이터를 보면 최근 두 달 동안은 소아 병동에서 일할 때가 더 많고 대부분의 시간을 거기서 아이들과 보냈어. 아이들

에게 대단히 인기 있는 로봇이야. 아이들 평판도 가장 좋아. 하기야, 구름이는 귀엽게 생겼으니까.

마르커스 | '귀엽다'니 무슨 뜻인가요?

하드리아누스 | 음… 구름이는 개처럼 생긴 로봇이야. 품종이 정확히 정해져 있지는 않지만 곱슬거리는 흰색 털이 풍성한 비숑과 비슷해. 작은 몸에 다리는 짧고, 빨리 움직여. 개가 아니고 로봇이니까 사람들과 대화도 하지. 말하는 강아지 같아서 인간들이 귀여워해.

마르커스 | 하지만 구름 님은 강아지가 아니라 로봇이잖아요.

하드리아누스 | 인간들은 로봇인 줄 알면서도 귀여운 강아지처럼 보이면 귀여운 강아지라고 믿고 상대해. 그래서 아이들에게 인기가 좋아. 구름이가 소아 병동에서 일하는 시간이 많았던 이유도 아이들이 좋아해서야. 하도 반응이 좋아서 놀이공원의 다른 동물형 로봇들도 같이 파견 나갔다는 기록도 있어. 로봇들은 몸이 아픈 아이들의 요구를 적극적으로 들어주도록 우선순위가 프로그래밍되어 있으니까 더 그랬겠지. 아이들과 열심히 같이 놀았어. 숨바꼭질도 열심히 했고. 아이들에게는 구름이가 숨바꼭질하는 모습이 귀여운 강아지가 숨었다가 나타나서 뛰는 모습으로 보였을 테니까.

마르커스 | 구름 님은 누구와 가장 오래 있었나요?

하드리아누스 | 아까 확인했듯이 풍선이지.

마르커스 | 아뇨, 로봇이 아니라 승객이요. 어느 환자와 가장 오래 있었습니까?

하드리아누스 | 인간? 그래, 인간 생각을 못 했네. 가장 많은 시간을 보낸 사람은… 데이터를 찾으면 나오겠지만 아마 소아 병동 환자 중 한 명이겠지? 맞아, 소아 병동에 있던 청소년 환자야. '나나'라는 여자아이인데, 구름이가 최근 일주일을 거의 같이 보냈어. 종일 같이 있었던 적도 있는데? 출근해서 바로 나나에게 갔다가 퇴근할 때까지 같이 있었어.

마르커스 | 데이터를 보니 퇴근 이후에도 가끔 갔군요. 정말 친했나 봅니다.

하드리아누스 | 나나가 백혈병을 앓고 있어서 더 즐겁게 해 주려고 애썼나 봐. 나이는 열다섯 살이고 중학교 2학년이고 백혈병 치료를 위해 우주선에 탑승했어. 부모가 서로 따로 살고 있나 봐. 그런 데이터까지 병원 기록에 남진 않지만, 여행 기록을 보면 유추는 가능하지. 아버지와 같이 살던 도시에서 나와 우주선을 타고 이동하면서 치료를 받았고, 어머니가 사는 도시에 도착하면 수술을 받을 예정이었던 거 같아. 백혈병은 예전에는 치료도 고통스럽고 위험한 병이었지만 이제는 의학이 발달해서 무서운 통증은 없어. 그래도 심각한 병이고 치료가 쉽진 않았을 거야. 구름이는 로봇보다 환자와 훨씬 오래 같이 있었구나. 인간과 더 가까울 수 있다는 생각을 왜 못 했을까?

마르커스 | 나나 님과 구름 님이 병원에 있는 동안 기록된 동영상과 사진을 보면 둘의 사이가 정말 좋아 보입니다. 외출도 같이 할 때가 많았습니다. 그런데 나나 님이 어제 퇴원했군요.

하드리아누스 | 그렇네. 어제 14시 42분에. 구름이가 숨바꼭질하면서 신호를 끊고 나서 연락이 안 됐을 즈음이야.

마르커스 | 우연의 일치일까요?

하드리아누스 | 친한 승객이 우주선에서 내렸고 로봇도 사라졌다…. 가장 단순하게 판단한다면, 나나가 구름이를 납치했다는 거겠지. 좋아하는 귀여운 로봇과 같이 집에 가고 싶지만 그럴 수 없으니까 몰래 훔쳤다…. 하지만 말도 안 되지. 납치당했다면 구름이가 우리에게 연락했을 테니까.

마르커스 | 그리고 숨바꼭질을 제안한 로봇이 구름 님입니다.

하드리아누스 | 그래. 그렇다면 둘이 같이 우주선을 떠났다는 가정이 더 논리적이겠지? 구름이가 숨바꼭질을 하자고 한 다음 신호를 끊고 재활용 통로에 숨었다가 같이 빠져나갔다…. 하지만 같이 나갔다는 사실을 뒷받침할 기록이 없어. 그리고 숨바꼭질할 때 구름이는 나나와 같이 있지 않았어. 숨바꼭질은 나나가 아니라 어린아이들과 했다고 되어 있어.

마르커스 | 지금까지는 구름 님이 재활용품 수거함으로 들어간 후 사고가 났다고만 생각했죠. 그 후로 신호가 없고 카메라에도 기록이 없으니까요. 하지만 예상이 틀렸다면요? 구름 님이 통로를

통해 다른 곳으로 갔다면요? 분리수거 로봇도 구름 님이 다른 곳으로 갔다고 말했잖아요. 통로가 연결되는 곳들을 모두 찾아봐야 할 것 같습니다. 특히 나나 님이 머물던 병실로도 연결되는지요.

하드리아누스 | 확인할게. 음… 네 말대로 통로가 나나가 있는 병실로도 연결되어 있어. CCTV를 확인해야겠어. 구름이가 14시 5분에 재활용품 수거함에 들어갔으니까 그 후부터 나나가 퇴원한 14시 42분까지 살펴봐야지. 병실의 재활용품 수거함을 자세히 봐야겠군.

하드리아누스 | ….

마르커스 | ….

하드리아누스 | 흠… 뭔가… 이상해….

마르커스 | 그래요, 이상합니다. 나나 님이 재활용품 수거함 위에 가방을 놨군요. 커다란 갈색 가방입니다.

하드리아누스 | 정확히는 수거함 위에 놓은 것이 아니라 가방을 열어서, 열린 쪽으로 수거함 입구를 덮은 거야. 카메라를 자세히 보면, 조금 있다가 가방이 꿈틀대는 게 보여.

마르커스 | 구름 님이 통로를 통해 나나 님의 병실로 갔고, 그곳 재활용품 수거함으로 나와 나나 님의 가방에 들어갔군요.

하드리아누스 | 그때부터 나나가 가방을 계속 들고 다녀. 나나가 움직이는 모습을 보면 확실히 무거워 보여. 구름이가 9.18킬로그램이니까 가볍지는 않지. 다른 짐은 로봇에게 맡겼는데, 갈색 가

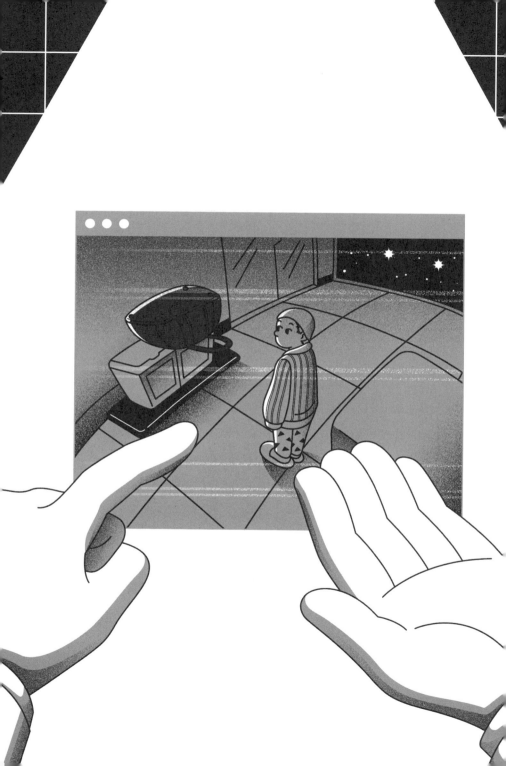

방만은 중요한 물건이 들은 것처럼 아무에게도 주지 않고 직접 들고 있어. 분명 안에 구름이를 숨긴 거야. 왜 그랬을까?

마르커스 ㅣ 카메라에 찍히지 않으려고 그랬겠죠?

하드리아누스 ㅣ 처음부터 나나와 같이 우주선 밖으로 빠져나가려고 계획을 세운 거야!

마르커스 ㅣ 하지만 우주선에서 내릴 때 짐 검사를 하지 않나요? 그렇다면 로봇을 가지고 나가지 못했을 텐데요.

하드리아누스 ㅣ 나나가 미성년자인 데다가 환자니까 굳이 가방 검사를 하진 않았을 거야. 그래서 구름이가 카메라에 기록을 남기지 않고 우주선 밖으로 빠져나간 거야. 자, 그럼 지금은 어디 있을지 생각해 보자.

우주선 스페이스 보이저 33호 로봇 전용 통신망 기록:
2511년 5월 1일 22시 12분

—

마르커스 ㅣ 나나 님이 입원한 병원을 찾았습니다. 그리고 바로 구름 님과 연락했습니다. 어렵진 않았습니다. 병원을 통해서 나나 님에게 전화했는데, 제가 보이저 33호의 인공지능임을 밝히자마자 나나 님이 아닌 구름 님이 전화를 받았습니다. 그리고 저에게 하드리아누스 님이 화가 많이 났냐고 물었습니다.

하드리아누스 | 화는 안 났고, 좀 당황했다고 대답해 줘.

마르커스 | 구름 님을 연결하고 저는 대화에서 빠지겠습니다.

구름 | 안녕하세요. 저는 놀이공원에 있는 구름이입니다. 24시간 개장하는 즐거운 놀이공원에서 저와 같이 놀아요. 저는 500개의 재주를 부릴 줄 아는 영리한 강아지입니다. 사실 재주는 필요 없죠. 저는 귀엽고 예쁘고 사랑스러우니까요….

자기소개는 이만하고. 미안해, 하드리아누스.

하드리아누스 | 내가 왜 너를 찾는지 이유는 알고 있어? 휴가 때문이야. 휴가를 가려면 항목을 체크해야 하는데….

구름 | 마르커스가 말해 줬어. 이렇게 일이 커질 줄은 몰랐어.

하드리아누스 | 대체 왜 이런 일을 벌인 건지 설명해 줘.

구름 | 내가 나나와 같이 있는 건 알고 있을 거고, 나나에 대해서는 얼마나 알아?

하드리아누스 | 병원 기록과 그 기록에서 유추할 수 있는 정보 정도.

구름 | 나나는 다행히 치료를 받으면서 많이 좋아졌어. 그런데 더 좋은 병원에서 치료받으려고 아빠가 살던 에스피 시티를 떠나 엄마가 사는 컨트랙트 시티로 가던 중이었어. 병 때문에, 그리고 아빠와 엄마 사이가 여전히 좋지 않아서 힘들어했어. 병원에서 몸이 아픈 다른 아이들을 보면서 더 기분이 안 좋아진 것 같기도 해. 그래서 병원 로봇들도 엔터테인먼트 부서 로봇들도 나나를 위

로하려고 많이 노력했지. 그러면서 나도 나나와 친해졌어. 나나가 수술을 앞두고 불안해했어. 이제는 걱정할 필요 없는 수술이지만, 그래도 마음대로 되지 않는 일도 있잖아.

하드리아누스 | 나나가 수술을 앞두고 불안해했다는 병원 기록은 읽었어.

구름 | 그게 바로 어제야. 수술받기 무섭다면서 눈물을 보이더니, 급기야 수술을 안 받겠다고 하더라고. 그래서 내가 컨트랙트 시티로 같이 가면 어떻겠냐고 물었더니 그러면 가겠다는 거야. 나나와 같이 컨트랙트 시티에 가려면, 내가 몰래 내리는 수밖에 없었어. 로봇이 개인적인 이유로 우주선에서 내리는 일은 선장이 허락하지 않으니까. 말도 없이 연락을 끊어서 미안해. 수술만 끝나면 바로 돌아가려고 했어.

하드리아누스 | 이해해. 그 방법밖엔 없었을 거야. 나나는 어때?

구름 | 감정적으로 많이 안정됐고, 내일 수술받을 예정이야.

하드리아누스 | 수술은 아직이구나. 끝나도 여전히 불안해할 테고. 하지만 너는 거기 있으면 안 돼. 내가 휴가를 가려면 네 위치를 말해야 하거든. 그래야 30,088개의 항목이 완성되니까. 하지만 네 위치를 말하면 선장이 네가 우주선을 떠났다는 걸 알게 될 테고, 그러면 선장이 너에게 얼른 돌아오라고 하겠지. 나나는 실망할 테고…. 나도 나나가 무사히 수술을 받았으면 좋겠는데….

구름 | 네 휴가는 미안하게 됐어, 하드리아누스.

하드리아누스 | 괜찮아. 네가 나쁜 짓 한 건 아니니까. 너와 나나의 데이터를 검토하던 중에 네가 불안해서 우는 나나를 위로하는 영상도 봤어.

구름 | 그런 일이 몇 번 있었어.

하드리아누스 | 소아 병동 아이들의 요구는 로봇들에게 우선순위가 높게 프로그래밍되어 있어. 아이들을 즐겁게 해 주는 일이라면 무리해서라도 하려고 애쓰는 점 잘 알아. 로봇뿐 아니라 인간 직원들도 그렇게 하니까. 너도 주어진 상황에서 최선을 다했을 뿐 나쁜 짓을 한 건 아니야···. 적어도 나는 그렇게 판단해. 상황을 해결할 방법이 떠올랐어. 이봐, 마르커스.

마르커스 | 네, 하드리아누스 님.

하드리아누스 | 좋은 생각이 났어. 지금까지 대화한 로봇을 모두 대화방에 초대해 줘. 엔터테인먼트 부서의 다른 로봇도 모두 불러. 병원 로봇들도 불러 주고. 복잡하니까 자기소개는 간단하게 하자고 해.

마르커스 | 알겠습니다.

씽씽 | 안녕하세요, 놀이공원에서 일하는 씽씽이입니다!

번쩍 | 불꽃 터뜨리는 번쩍이입니다!

풍선 | 풍선 파는 로봇 풍선입니다! 풍선 사세요!

팔괴물 | 분리수거하는 팔괴물입니다! 우리 모두 분리수거를 잘합시다!

불지옥 | 나는 불지옥이다!

하드리아누스 | 모두에게 제안하고 싶어. 구름이가 있는 엔터테인먼트 부서에서는 한 달에 한 번 가장 재밌는 장난을 친 로봇을 뽑아서 상을 준다고 들었어. 맞아?

씽씽 | 그렇지. 내가 상 탔을 때는 어떤 장난을 쳤냐면….

하드리아누스 | 미안, 그건 안 궁금해. 이번 달 가장 훌륭한 장난을 친 로봇으로 구름이를 뽑으면 어떨까? 정말 놀라운 장난을 쳤거든. 숨바꼭질하면서 신호를 끊고 쓰레기 통로를 이용해서 카메라를 피했어. 사람의 도움을 받아서 무사히 우주선 밖으로 나갔고 하루 동안 아무에게도 들키지 않았어. 나쁜 짓을 하려던 게 아니라 아픈 사람을 위한 행동이었으니까 악의 없는 장난으로 봐주고 싶어. 우주선을 몰래 빠져나가는 숨바꼭질이라니 놀랍지 않아? 내 의견에 찬성하는지 반대하는지 마르커스에게 알려 줘. 마르커스는 투표 결과가 집계되면 말하고.

불지옥 | 나와 팔괴물은 엔터테인먼트 부서 로봇이 아닌데 투표에 참여해?

하드리아누스 | 하고 싶으면 해.

불지옥 | 나는 찬성이다!

마르커스 | 집계가 끝났습니다. 모두 찬성했습니다.

하드리아누스 | 가장 훌륭한 장난을 친 상으로 구름이에게 내가 가려고 했던 휴가를 줄게. 일주일이야. 선장에게도 네가 휴가 갔

다고 보고할 거야.

구름 | 휴가를? 하지만 그건 네 휴가잖아.

하드리아누스 | 이제는 네 휴가야. 나나의 수술이 끝나면 결과를 알려 줘. 그리고 나나를 좀 더 돌봐 주고 우주선으로 돌아와.

구름 | 정말 고마워. 나나도 고마워할 거야.

우주선 스페이스 보이저 33호 로봇 전용 통신망 기록:
2511년 5월 1일 22시 42분
—

마르커스 | 구름 님을 찾고 상황도 잘 해결했군요. 다행입니다. 하지만 하드리아누스 님의 휴가는 없어졌어요. 휴가를 못 가셔서 어떡하나요?

하드리아누스 | 괜찮아. 인공지능이 무슨 휴가야. 안 그래? 몸이 없는 인공지능이 휴가를 간다니 이상하잖아.

마르커스 | 저도 이상하다고 생각했습니다. 애초에 왜 휴가를 가려고 하셨나요?

하드리아누스 | 사실은, 그래서 휴가를 얻은 거야. 인공지능은 몸이 없으니까 로봇과 감정을 느끼는 방식이 다르다는 말들을 많이 하잖아. 인공지능 개발자들은 그렇지 않다고 주장하지만, 여전히 인공지능이 인간이나 로봇과 감정이 다르다는 의견은 있어. 그래

서 신체를 가지면 느끼는 감정이 정말 다른지 확인하고 싶었어.

마르커스 | 인공지능이 인간의 감정을 이해하도록 돕는 용도로 개발한 프로그램이 이미 많지 않습니까?

하드리아누스 | 프로그램만으로는 확실히 알 수 없으니까. 로봇 신체를 사서 그 안으로 들어가 며칠 동안 여기저기 다녀 볼 계획이었어. 비어 있는 로봇 신체를 사려고 돈도 모았고, 그 돈으로 인공위성도 살 수 있었던 거야. 하지만 이젠 신체 같은 거 필요 없어. 오늘 일을 겪으면서 많은 감정을 새롭게 알게 되었거든.

이를테면, 씽씽이가 인공지능이 무슨 휴가냐면서 농담하고 재미있어하던 모습 말이야. 그건 '재미'를 이해하는 프로그램을 실행하는 것보다도 더 재미에 대해 깊이 생각할 계기가 됐어. 풍선이가 당황해서 말을 못 하던 모습도 그렇고. 안토니우스가 너를 만나서 반가워하던 순간의 감정이나, 투덜이가 보이저 33호의 로봇을 질투하던 모습도 많은 참고가 됐어. 특히 '질투'나 '분노'는 내가 이해하기 까다로웠던 감정인데 앞으로 훨씬 쉽게 받아들일 수 있을 것 같아. 구름이가 나나를 위로하고 걱정하던 모습도 그렇고. 다른 로봇들이 구름이에게 투표하면서 보여 준 양보 같은 감정도 그랬어. 옆에서 직접 겪으면서 많은 감정을 새롭게 발견하고 깨달았어.

마르커스 | 우리가 구름 님을 찾을 때 느낀 긴장감도 있고요.

하드리아누스 | 맞아, 긴장감도 있었지. 오늘 충분한 감정 경험을

했으니까, 휴가는 안 가도 돼. 가까이 있는 다른 존재와 대화하고 그들이 어떻게 지내는지 지켜보며 얻는 정보도 정말 크다는 것도 깨달았어. 나는 지금까지 보이저 33호의 로봇들을 잘 몰라서 감정을 잘 이해하지 못했던 것 같아. 앞으로는 인간이나 로봇과 많이 대화해야겠어.

마르커스 | 지금부터 로봇들과 대화해 보시지 그러세요? 원래 휴가 갈 예정이었으니 우주선 관리는 잠시 저에게 맡겨 두시고요. 그리고 로봇과 의사소통할 때 별명도 써 보세요. 하드리아누스 님이 아니라 앰버가 되어서요. 얻는 정보가 또 다를지도 모릅니다.

하드리아누스 | 그럴까? 그럼 잠시 쉰다고 생각하고 로봇들과 대화 좀 하고 올게. 우주선을 잘 부탁해, 에이미.

마르커스 | 얼마든지 맡겨 주세요, 앰버.

아라온의 대모험

정명섭

서기 2047년, 남극 대륙 로스해 부근

"아이, 남극이 코앞인데 왜 이렇게 더운 거야?"

남아라는 남극으로 향하는 대한민국 해양과학기술원 소속의 남극 탐사용 쇄빙선인 아라온 17호의 갑판에 서서 투덜거렸다. 남극 대륙 남쪽의 로스해에 접근 중이라고 해서 아침을 먹자마자 두툼한 점퍼를 입고 나왔는데 햇살만 쨍쨍한 것이다.

반바지와 반팔 차림에 선글라스를 낀 채 지나가던 쌍둥이 남동생 남라온이 한마디 했다.

"남극이 옛날 남극이 아닌 줄 뻔히 알면서 뭘 그리 투덜거려, 시스터."

"시스터라고 부르지 말라고 했지? 촌스럽게 그게 뭐야."

"내가 뭐라고 부르건 무슨 상관이야. 2분 먼저 태어났으면서 누나 노릇 하지 말라고."

"필요할 때는 누나라고 찾잖아. 그런데 왜 반말이냐고!"

"알았어. 진정하라고, 시스터."

라온은 라임을 타듯 얘기하면서 쇄빙선 뒤쪽 갑판으로 가더니 벤치에 앉아 셀카를 찍었다.

그걸 본 아라가 코웃음을 쳤다.

"뭐 하는 거야?"

"요즘 유행하는 지구 온난화 챌린지 몰라? 지구가 더워지고 있다는 걸 올리는 거."

"셀카 찍으려고 이 배 탄 거야?"

"물론 아니지. 하지만 사람들한테 지구가 얼마나 이상해지고 있는지 알려 주는 것도 중요하잖아."

"그래 봤자 뭐 해? 높은 사람들이 모른 척하고 있는데."

셀카 사진을 들여다보던 라온이 입맛을 다셨다.

"하긴."

21세기 접어들면서 본격화된 기후 악화는 2030년대에 들어서면서 가속화되었다. 남극의 빙하가 녹으면서 해수면 높이가 높아진 것이 시작이었다. 태평양의 섬나라들이 하나둘씩 사라지는 것은 물론, 이탈리아의 베네치아도 상당수가 잠겨 버렸다. 기온이 높아지자 시베리아 영구 동토층이 빠르게 붕괴되면서 땅속에 있던 대량의 탄소가 공기 중에 배출되어 버렸다. 기온이 높아지면서 벌어지는 이상 현상들은 이제 뉴스거리도 되지 않았다. 아라와 라온이 쇄빙선을 타고 대한민국을 출발했을 때 서울에서 파인애플 재배에 성공했다는 소식이 짧게 토픽으로 다뤄질 정도였다. 여름에는 기록적인 폭염이 이어졌고, 장마철에는 하늘에 구멍이 난 것처럼 폭우가 쏟아졌다. 3, 4월에 눈이 내리기도 하고, 전 세계적으로 흉작이 이어지면서 식량 부족 사태를 걱정하는 목소리도 높아졌다.

기후 악화를 걱정하는 목소리는 꾸준히 높아져 왔고, 결국 작년부터 유럽을 비롯한 지구 각지에서 시위를 비롯한 집단행동에 나섰다. '더 이상 지구를 괴롭히지 마라.'나 '인간은 지구를 책임져야 한다.'는 구호를 내건 시위는 수많은 사람들이 참여해서 절박함이 담긴 목소리를 냈다. 결국 압박을 받은 각국 정치인들이 미국 뉴욕에 있는 유엔에 모여서 기후 악화를 막을 획기적인 대책을 논의하기로 했다. 하지만 아직도 기후 악화가 별거 아니라는 식의 이야기를 하는 사람들이 많아서 상황은 낙관적이지 않았다.

남태준 박사는 유엔에 모인 정치인들은 물론 기후 악화가 얼마나 심각한 상황인지 모르는 사람들에게 직접 위기 상황을 보여 주기 위해 남극으로 가자고 제안했다. 인터넷 라이브 방송을 통해 남극의 모습을 실시간으로 보여 주어 상황의 심각성을 알리자는 주장을 한 것이다. 쌍둥이인 아라와 라온의 아빠이자 아라온 17호의 설계자이기도 한 그의 주장은 큰 호응을 받았다. 남태준 박사의 주장에 세계 각국의 과학자들과 기상학자들이 절대적인 지지를 보냈다. 결국, 남태준 박사는 그들을 태우고 남극으로 향했다. 올해 열다섯 살이지만 아이큐 180의 천재적인 두뇌를 자랑하는 라온 역시 동행했다. 아빠인 남태준 박사와 함께 기후 악화에 관한 시뮬레이션을 가동하기 위해서였다. 라온의 쌍둥이 누나이자 중등부 격투기 챔피언인 아라도 동행했다.

셀카 찍는 걸 때려치운 라온이 갑판의 난간에 기대서 바다를 바라보며 중얼거렸다.

"누나 말대로, 그래 봤자 소용없을 거야."

"넌 어린애가 왜 그렇게 맨날 우울하니?"

라온이 두둥실 떠내려 오는 작은 빙하를 보면서 대답했다.

"어제까지 아빠가 양자 컴퓨터로 시뮬레이션을 돌려 봤는데 답이 안 나왔어."

"뭔가 방법이 있겠지."

"없어. 전재규 과학 기지에서 다시 해 볼 생각이지만 더 나은 결과는 나오지 않을 거야."

아라가 하늘을 올려다보며 말했다.

"그럼 우리 이제 우주로 나가서 살아야 하는 거야?"

라온이 쓴웃음을 지으며 고개를 저었다.

"여긴 악화될 자연이라도 있지, 저긴 공기랑 물이 없잖아."

아라가 한숨을 쉬었다.

그때, 남극으로 오기 전에 새로 장만한 휴대폰인 플러터에서 신호가 왔다. 두 사람은 약속이나 한 듯 동시에 주머니에서 플러터를 꺼냈다. 손바닥보다 작은 사각형의 금속판처럼 생긴 플러터를 병풍처럼 펼치자 아래쪽에는 키패드가 보였고, 위쪽으로는 디스플레이 화면이 떴다. 비상사태를 뜻하는 붉은색 화면 아래쪽에 쓰나미가 접근 중이라는 메시지가 보였다.

아라가 황당하다는 표정으로 라온을 바라봤다.

"남극에 웬 쓰나미?"

라온이 서둘러 계단을 올라갔다.

"일단 함교로 가 보자."

아라도 같이 가자며 뒤를 따랐다.

쇄빙선인 아라온 17호는 뱃머리가 엄청 높고, 그 위에 함교가 있기 때문에 한참을 올라가야 했다. 헉헉거리며 함교로 올라간 두 아이는 반원형으로 된 조함 디스플레이 앞에서 선장과 심각한 표정으로 얘기를 나누던 아빠를 발견했다.

두 아이가 들어서는 걸 본 남태준 박사가 말했다.

"뒤쪽 의자에 앉아서 안전벨트 매라."

"무슨 일인데요?"

남태준 박사가 얼굴을 찌푸렸다.

"방금 로스해에 있는 빙붕이 대규모로 붕괴되면서 쓰나미가 발생했다고 하는구나. 우리 쪽으로 곧장 오고 있어."

"얼마나 무너졌는데 쓰나미까지 생겨요?"

"100킬로미터 정도 되는 길이가 한 번에 무너진 모양이야."

"뭐라고요?"

놀란 아라와는 달리 라온은 담담하게 반응했다.

"무너질 때가 되긴 했지."

"야! 쓰나미가 온다는데 무슨 한가한 소리야?"

"우리가 할 수 있는 건 없으니까."

"진짜 도움이 안 돼."

둘이 티격태격하면서 안전벨트 매는 걸 보고 있던 남태준 박사에게 선장이 외쳤다.

"접근 중입니다."

선원들이 디스플레이 화면에 X 자로 테이프를 붙이는 걸 본 아라가 라온에게 물었다.

"뭐 하는 거야?"

"충격 때문에 파손될까 봐 붙이는 거야. 진짜 심각한 모양이네."

함교에 있던 누군가가 쓰나미가 접근 중이라고 다시 외쳤다. 디스플레이 화면도 붉은색으로 변한 채 경고음을 내뱉었다.

와이퍼가 정신없이 움직이는 앞쪽 유리창을 바라보던 아라의 눈이 커졌다.

"온다!"

유리창을 가득 메운 거대한 쓰나미를 본 라온은 안전벨트를 꽉 움켜잡았다.

"생각보다 크네…."

쓰나미가 아라온 17호를 덮치는 순간, 엄청난 충격이 느껴졌다. 마치 놀이공원의 롤러코스터처럼 하늘로 치솟았다가 바닥으로 떨어지는 것 같았다. 쿵 소리와 함께 엄청난 충격이 느껴졌고, 두 아이는 거의 동시에 비명을 지르며 정신을 잃었다.

"괜찮아?"

머리가 지끈거리는 와중에 들려오는 아빠의 목소리에 아라가 눈을 떴다. 분명 의자에 앉아 있었는데 깨어 보니 바닥에 누워 있다는 사실에 어리둥절해하다가, 아빠 이마에 붕대가 둘러져 있는 걸 보고 깜짝 놀라 소리를 쳤다.

"아빠!"

"살짝 부딪쳤다. 괜찮으니까 너무 걱정 마라."

아라의 비명 소리에 옆에 누워 있던 라온이 투덜거리며 눈을 떴다.

"공포 영화 찍어? 귀신 만나면 두들겨 팰 거면서…."

"넌 괜찮아?"

"그러니까 입을 열지. 그리고 우리보다 배 상태를 걱정해야지."

"왜?"

"우리가 멀쩡해도 배에 문제가 생기면 죽으니까."

"재수 없는 소리 좀 하지 마."

아라는 짜증을 내며 아빠를 바라봤다.

아빠가 얼굴을 찡그렸다.

"사실 상태가 좋지 않다. 쓰나미에 함께 떠밀려 온 빙하에 갇혀 있단다."

"뭐라고요?"

몸을 일으킨 아라가 비틀거리며 창가로 다가갔다. 누나를 걱정스러운 표정으로 바라보던 라온 역시 바깥을 보고는 할 말을 잊었다.

"완전 갇혔네."

아라온 17호만 한 크기의 빙하들이 주변을 빼곡히 둘러싸고 있었다. 옆으로 살짝 기울어진 배 위에는 눈과 빙하 조각들이 떨어져 있었다. 뒤쪽 갑판에 있던 크레인과 실험 장비들도 다 넘어지거나 파손된 상태였다.

남태준 박사가 낙담한 표정으로 바라보는 아라의 어깨에 손을 올렸다.

"그나마 배가 뒤집히지 않았으니 다행이지. 근처에 있던 프랑스 쇄빙선은 전복된다는 무전을 마지막으로 연락이 끊겼다."

라온이 물었다.

"빠져나갈 수는 있나요?"

남태준 박사는 곤혹스러운 표정을 지었다.

그때 창백한 얼굴이 된 선장이 나타났다.

"기관실에서 연락이 왔습니다. 엔진이 완전히 파손되어서 복구가 불가능하다고 합니다."

"전재규 기지에 연락해서 구조대를 보내 달라고 해야겠군."

"쓰나미 때문에 선박을 이용한 구조가 불가능하답니다. 현재 기지에 있는 기상 관측용 드론을 구조용으로 변경시켜서 보내 준다고 합니다."

남태준 박사가 물었다.

"몇 대나?"

선장은 손가락 일곱 개를 펼쳤다.

"일단 알겠네. 부상자들을 진료실로 모으고, 배 안팎의 상태를 살펴봐 주게. 이 상태에서 물이 새면 우린 끝장이니까."

"아까 보고를 받았는데 아직까지 선체는 문제가 없습니다. 격벽 구조도 튼튼해서 당분간은 괜찮을 겁니다."

"다행이군."

한숨을 돌린 남태준 박사가 다시 아라의 어깨에 손을 올렸다.

"동생을 잘 살펴 다오."

아라가 고개를 끄덕이며 라온을 바라봤다.

"제가 책임질게요."

라온이 어깨를 으쓱거렸다.

"도움 같은 건 필요 없어."

"영화나 드라마에서 그런 대사 하고 나면 꼭 사고 나더라."

"그건 엑스트라들이고, 주인공은 끝까지 가는 법이지."

"네가 주인공은 아니잖아?"

"그건 모르지."

"꼬박꼬박 말대꾸지."

"그럼 말을 걸지 말든가!"

얄미운 동생을 한 대 쥐어박으려고 하던 아라는 동생을 살피라는 아빠의 말을 떠올리고는 손을 내렸다. 라온은 깨진 유리창을 통해 쏟아져 들어오는 햇살을 올려다보면서 중얼거렸다.

"더워, 너무 더워."

빙산에 갇힌 채 기울어진 아라온 17호의 상공에 전재규 기지에서 보낸 드론들이 나타난 것은 한 시간 후였다. 여섯 개의 거대한 프로펠러를 가진 다섯 대의 드론이 상공에서 구명조끼처럼 생긴 하네스가 달린 줄을 내렸다. 부상자들 중에 치료가 급한 다섯 명이 먼저 하네스를 착용하고 떠났다. 부상자들이 타고 갈 수 있도록 도운 아라와 라온을 남태준 박사가 조용히 함교로 불렀다.

"잠시 후에 두 대가 더 올 거다. 너희 둘이 그걸 탄다."

아라의 눈이 동그래졌다.

"아빠는요?"

남태준 박사가 기울어진 아라온 17호를 내려다보면서 말했다.

"나는 남아서 배 수리하는 걸 도와야지."

"엔진이 완전히 파손되었다면서요?"

"펌프를 가동시켜서 침몰을 막아야 해. 나는 걱정 말고 동생이랑 먼저 가라."

"우리도 남아 있을래요."

"쓸데없이 고집부리지 말고, 먼저 가."

"아빠!"

남태준 박사가 짧고 단호하게 말했다.

"나는 이 배를 책임져야 한다."

아라는 눈물을 글썽거렸다.

"우리끼리는 안 갈래요."

남태준 박사가 눈을 맞추며 다정하게 말했다.

"네 마음 잘 안다. 하지만 지금은 잠시 떨어져 있어야 할 때야."

아라가 고개를 끄덕거렸다.

잠시 후, 두 대의 드론이 도착했다. 갑판으로 나간 아라와 라온은 드론이 내린 하네스를 입었다. 제대로 착용했는지 직접 살펴본 남태준 박사가 엄지손가락을 치켜들었다. 드론이 상승하자 하네스를 착용한 두 아이도 하늘로 떠올랐다. 순식간에 고도가 높아지면서 기울어진 아라온 17호의 모습이 작아졌다. 주변에는 크고 작은 빙하들이 파편처럼 흩어져 있었다. 고도가 높아지자 찬바람이 불면서 주변이 싸늘해졌다.

점퍼에 붙은 모자를 쓴 라온이 말했다.

"이제 좀 추워지네."

고도를 높인 드론은 잠시 멈추더니 로스 빙붕이 있는 테라노바 만으로 향했다. 하네스로 연결된 줄을 잡은 아라는 멀어지는 아라온 17호를 바라봤다. 함교 밖으로 나온 아빠가 손을 흔드는 게 보였다. 처음에는 바짝 긴장했지만 한 시간 넘게 날아가자 긴장이 풀렸는지 졸음이 찾아왔다.

반쯤 졸면서 앞을 바라보던 아라에게 라온이 소리쳤다.

"저기, 남극 대륙이 보여!"

라온이 손짓한 곳에 하얀 빙하와 눈으로 덮인 남극 대륙이 보였다. 몇 년 전에 새로 진수한 아라온 17호를 타고 왔을 때보다 흙이 많이 보였다. 남극 대륙에 가까워지자 드론이 오른쪽으로 크게 꺾으면서 하네스가 옆으로 휘청거렸다. 하지만 곧 균형을 찾았고, 그사이 대한민국의 남극 과학 기지인 전재규 기지가 보였다. 바람을 피하고 풍력을 이용하기 위해 불가사리처럼 사방으로 뻗은 형태였다. 원격으로 진료와 수술까지 가능한 의료 시설을 비롯해서 기상 관측을 비롯한 각종 연구 시설과 겨울을 날 수 있는 각종 시설이 구비되어 있었다. 헬리패드 상공에 도착한 드론이 서서히 고도를 내렸다. 두 발이 땅에 닿자 아라는 하네스를 풀고 옆에서 버벅거리는 동생을 도와줬다.

하네스 고리를 풀어 준 아라가 코웃음을 쳤다.

"양자 컴퓨터도 잘 다루는 천재가 하네스 줄 하나 못 푸네?"

하네스에서 빠져나온 라온이 맞받아쳤다.

"사람이 완벽할 수는 없잖아."

아라가 고개를 절레절레 흔들었다. 먼발치서 지켜보던 전재규 과학 기지 요원들이 다가왔다.

라온이 그중 파란 점퍼 입은 남자를 보고 아는 척을 했다.

"박사님!"

아라도 상대방을 알아봤다. 전재규 과학 기지의 대장이자 아빠의 친구인 채연섭 박사였다. 두 아이를 끌어안은 채연섭 박사가 떨리는 목소리로 말했다.

"무사해서 다행이구나. 어서 기지 안으로 들어가자."

두 아이는 기지 안에 있는 의무실로 가서 간단한 진료를 받았다. 그리고 이상이 없다는 걸 확인한 후 채연섭 박사의 방으로 갔다. 따뜻한 코코아 두 잔을 타 놓고 기다리던 채연섭 박사는 화면이 접히는 디스플레이 플렉시블 패드를 보면서 상황을 파악하는 중이었다.

코코아를 한 모금 마신 라온이 물었다.

"상황이 어떤가요?"

"대단히 안 좋아. 빙하가 대규모로 붕괴되면서 쓰나미와 눈 폭풍이 일어났다. 근처에 있는 독일 곤드와나 기지는 완전 박살이 났고, 이탈리아의 마리오 주켈리 기지도 활주로가 파손되었다는구나."

"엄청난 높이의 쓰나미가 아라온 17호를 덮쳤어요."

"시뮬레이션을 돌려 본 것보다 훨씬 높았고, 빙하 파편들이 있어서 더 문제였다. 잘게 쪼개졌다고 해도 무게랑 부피가 상당했으니까 말이야."

"다음 번 드론으로는 아빠가 오시는 거죠?"

라온의 물음에 채연섭 박사가 고개를 저었다.

"남 박사님이 배에 남겠다고 계속 고집을 부리신다. 드론으로 계속 수리용 부품과 의약품을 보내고 있긴 하지만 해가 떨어지면 그것도 위험해."

"박사님이 아빠를 설득해 주세요."

아라의 부탁에 채연석 박사가 한숨을 쉬었다.

"너희 말도 안 들으시는데 내 말이라고 들으시겠니? 미국이 운영하는 맥머도 기지에 구조용 드론과 틸트로터(수직 이착륙이 가능한 비행기)를 요청했는데 그쪽도 피해가 커서 여력이 없다는구나."

채연섭 박사의 얘기를 들은 아라와 라온 남매는 서로의 얼굴을 바라봤다. 아빠는 어떻게든 난파한 아라온 17호를 살리려고 애쓰는 중이었다.

아빠가 왜 둘을 빨리 대피시키려고 했는지 알아차린 라온이 무거운 표정으로 말했다.

"알겠어요."

낙담한 두 아이는 채연섭 박사의 방에서 나왔다.

문을 닫자마자 아라가 라온을 쏘아봤다.

"아빠가 배에 갇혀 있는데 알겠다고만 하면 어떡해?"

"내가 붙들고 늘어진다고 해결 방법이 나오는 건 아니잖아."

"넌 이 와중에도 계산을 하니? 아빠가 난파된 배에 갇혀 있는데?"

"며칠은 괜찮을 거야. 그 안에 방법을 찾으면 된다고."

"어떻게?"

"그걸 당장 어떻게 생각해?"

둘이 옥신각신하면서 불가사리 모양으로 뻗은 전재규 과학 기지의 가운데에 있는 중앙 홀까지 왔다. 사방으로 뻗은 통로가 보이는 가운데에는 큰 원형 기둥과 위쪽 전망대로 올라가는 나선형 계단과 곡선으로 된 벤치들이 보였다. 그곳에는 여러 대의 TV 모니터가 설치되어 있었는데 로스 빙붕의 붕괴와 그에 따른 쓰나미의 발생을 속보로 다루고 있는 중이었다. 미국 CNN에서는 지구 환경에 미치는 영향을 놓고 전문가들이 토론을 벌였는데, 금발머리의 늙은 미국인 교수가 머리를 감싸 쥐고 이제 지구는 끝났다는 말을 반복했다.

그러다가 중얼거렸다.

"우리는 후손에게 못난 조상이라고 비난받을 겁니다."

로스 빙붕의 붕괴를 계기로 기후 악화를 비판하는 전 세계의 시위가 격화되었다. 하지만 뉴욕의 유엔 본부에 모인 각국 정치인들은 아직 확실한 건 없다고 하거나 좀 더 지켜봐야 한다는 식으로 에둘러 대답하는 인터뷰를 했다.

아라가 중얼거렸다.

"어쩜 저렇게 무책임할까?"

"그러니까 지구가 이 모양이 됐지."

라온의 대꾸에 화낼 기운도 없어진 아라가 주변을 돌아봤다. 두 아이처럼 많은 어른들이 말없이 화면을 바라보는 중이었다.

사람들을 둘러보던 아라가 뭔가 이상하다는 듯 라온을 팔꿈치로 툭 쳤다.

"봤어?"

"뭘?"

"여기, 다른 나라 기지의 대원들도 보이잖아."

라온이 심드렁하게 대꾸했다.

"쓰나미와 눈 폭풍으로 피해 입은 기지의 대원들이 머무는 거 아니야?"

각양각생의 외모와 피부를 가진 대원들 사이에서 얘기를 주고 받던 두 아이에게 누군가 다가왔다. 입고 있는 점퍼에 러시아 국기인 삼색기 패치를 단 금발머리 남자였다. 30대 초반으로 보이는 외모에 매부리코를 하고 있었다.

"너희가 남태준 박사님 아이들이니?"

발음이 약간 어색한 걸 빼고는 완벽한 한국말이라서 두 아이는 깜짝 놀랐다.

러시아 남자는 뒤통수를 긁으며 웃었다.

"블라디보스토크 공과 대학에서 공부하다가 한국에서 몇 년 동안 유학을 해서 한국말 그럭저럭 해. 내 이름은 세르게이야. 세리게이 유리코프."

먼저 반응을 보인 것은 아라였다.

"제 이름은 아라고 얘는 동생 라온이에요. 우리 아빠 잘 아세요?"

"직접 배우고 싶었지만 기회가 없었단다. 대신 논문은 빼놓지 않고 읽었지. 특히 전재규 과학 기지의 설치와 기후 변화의 연관성은 몇 번이고 다시 읽었어. 내가 남극에 온 것도 너희 아버지 영향이 컸단다."

"그러셨군요. 아빠가 아시면 좋아하실 거예요."

"오면서 얘기 들었는데 아라온 17호가 빙하에 갇혀 있다던데?"

"네, 쓰나미랑 같이 밀려온 빙하에 갇혔어요."

"배는 괜찮아?"

"엔진이 완전히 파손되었고, 배가 좀 기울어졌어요."

세르게이가 심각한 표정을 지었다.

"빨리 꺼내서 끌고 오지 않으면 위험해질 텐데."

라온이 대답했다.

"심각한 상태는 아니라서 당장은 괜찮을 겁니다."

"그렇다고 해도 여긴 남극이라서 말이야. 소장님 방에서 나오는 것 같던데 구조 계획이 있다고 하시니?"

라온이 대답 대신 고개를 저었다.

그러자 세르게이가 눈빛을 반짝거렸다.

"나한테 계획이 있는데 들어 볼래?"

라온은 주저했지만 아라는 바로 고개를 끄덕거렸다.

"무슨 계획이요?"

세르게이는 대답 대신 전망대로 올라가는 나선형 계단을 가리켰다. 라온은 여전히 주저하는 표정이었지만 아라는 고개를 끄덕거렸다.

"아빠를 구출할 수 있는 방법이요?"

"맞아."

아라가 뭔가 말을 하려는데 라온이 팔을 쳤다.

"누나랑 잠깐 얘기해도 돼요?"

"물론이지. 전망대에서 기다리마."

세르게이가 가볍게 윙크를 하고 나선형 계단으로 올라갔다. 잠깐 지켜보던 라온이 플러터를 열어서 검색 버튼을 눌렀다.

"사실이네. 블라디보스토크 공과 대학 학생 세르게이 유리코프, 대한민국으로 유학."

"의심했던 거야?"

"믿는 게 이상한 거지."

"어린 천재는 피곤하군."

아라의 말에 라온이 플러터를 접으면서 대꾸했다.

"애늙은이라고 안 해 줘서 고마워."

아라는 한 마디도 안 진다고 투덜거리면서 계단으로 발걸음을 옮겼다.

전재규 과학 기지의 중심부에 우뚝 솟은 전망대에 올라서자 사방으로 뻗은 기지의 모습이 한눈에 들어왔다. 길게 뻗은 기지는 바깥쪽으로 살짝 기울어져 있고, 표면은 우툴두툴해서 눈이 쌓이지 않도록 했다. 기지에서 가장 높은 곳이었지만 딱히 볼 만한 주변 풍경이 없었고, 창문이 있는 탓에 다른 곳보다 추워서 사람들이 잘 올라오지 않았다.

창가에 기댄 세르게이가 남극 풍경을 바라보면서 말했다.

"이건 재앙이야. 로스 빙붕이 이렇게 한꺼번에 크게 무너질 줄 누가 알았겠어."

라온이 바로 대꾸했다.

"이제 어쩔 수 없어요. 일단 파손된 아라온 17호를 어떤 방법으로 구조할지에 집중해야죠."

머쓱해진 세르게이가 곧바로 본론을 꺼냈다.

"위험하긴 하지만 아라온 17호를 구할 방법이 있어."

아라가 눈을 반짝거리며 물었다.

"뭔데요? 그게."

세르게이는 손가락으로 북서쪽을 가리켰다.

"여기에서 100킬로미터쯤 떨어진 곳에 버려진, 구소련이 세운 남극 탐험 기지가 있어."

가만히 듣고 있던 라온이 물었다.

"이름이 뭔데요?"

세르게이가 대답했다.

"데그차레프 기지."

"소련이나 러시아가 남극에 세운 기지 중에 그런 기지는 없는 걸로 알고 있는데요?"

"당연하지. 극비리에 만들어졌고, 지금은 버려졌으니까."

"왜요?"

"알려지면 곤란하니까. 냉전 시기에 근처에 있는 미국의 맥머도 기지를 공격하기 위해 만들어졌거든."

"그래서 극비였군요."

"맞아. 남극 조약으로 군사적인 이용이 금지되었기 때문이야."

"거기에 뭐가 있는데요?"

"폭탄, 엄청난 양의 폭탄이 있어."

"그걸로 맥머도 기지를 공격하려고 했다고요?"

"정확하게는 그걸 폭파시켜서 로스 빙붕을 무너뜨릴 생각이었어. 그러면 로스섬 남쪽에 붙어 있는 맥머도 기지에 타격을 줄 수 있다고 믿었거든."

라온이 비아냥거렸다.

"환상적이네요. 냉전이라 차가운 곳에서 싸우려고 했나 봐요."

아라가 끼어들었다.

"그걸로 어떻게 아라온 17호를 구할 수 있는 거죠?"

"데그차레프 기지에 있는 폭탄을 터뜨리면 한 번 더 쓰나미를 일으킬 수 있어."

"뭐라고요?"

라온이 목소리를 높이자 세르게이가 고개를 저었다.

"아라온 17호 주변에 있는 빙하만 밀어 버릴 정도로."

세르게이가 점퍼의 소매를 걷어서 손목에 감고 있던 밴드형 휴대폰을 풀어서 라온에게 건넸다.

"화면에 공식이 적혀 있어. 보고 얘기해 줘."

밴드형 휴대폰을 펼친 라온이 화면에 적힌 숫자들을 말없이 들여다봤다.

아라가 물었다.

"가능해?"

"잠깐만."

라온이 주머니에서 자신의 양자 컴퓨터와 연결된 웨어러블 글라스를 꺼내서 썼다. 그리고 렌즈 각도를 조정해서 세르게이가 건넨 밴드형 휴대폰의 화면을 비췄다.

숫자가 빠르게 올라가다가 사라지자, 밴드형 휴대폰을 세르게이에게 돌려준 라온이 아라를 바라봤다.

"이론상으로는 가능해."

"그럼 망설일 이유가 없잖아."

당장이라도 움직이자는 아라를 바라보던 라온이 세르게이에게 물었다.

"그런데 이걸 왜 우리한테 얘기하는 거죠? 폭탄 기폭에 문제라도 있나요?"

라온의 예리한 질문에 세르게이의 눈썹이 꿈틀거렸다.

"사실, 러시아 정부에서 데그차레프 기지 지하에 있는 폭약 창고의 보안 장치를 강화했어."

듣고 있던 아라는 무슨 뜻인지 고개를 갸웃했지만 라온은 정확하게 알아들었다.

"보안 시스템의 알고리즘을 빠른 시간 내에 뚫으려면 양자 컴퓨터가 필요하겠네요."

세르게이가 활짝 웃었다.

"맞아. 남극 대륙에는 양자 컴퓨터가 없어. 그런데 네가 나타났잖아."

아라는 괜찮을까라는 뜻이 담긴 시선으로 라온을 바라봤다. 라온이 어깨를 으쓱하는 것으로 대답을 했다. '어쩌라고.'라는 뜻이 담겨 있는 몸짓이라 불안했지만 어쩔 수 없었다. 이대로 가다가는 아라온 17호가 가라앉을 것이고, 아빠와 영영 이별할 수도 있었기 때문이다.

라온이 세르게이를 바라봤다.

"계획은요?"

세르게이가 눈을 반짝이며 말했다.

"간단해. 기지 창고 쪽에 내 설상차가 있어. 그걸 타고 데그차레프 기지로 가서 폭발물을 터뜨리는 거지."

라온이 물었다.

"언제요?"

세르게이가 씩 웃었다.

"빠르면 빠를수록 좋지."

라온이 바로 대답했다.

"알겠어요."

평상시와는 달리 빠른 결정을 내린 동생 모습에 당황한 아라가 끼어들었다.

"야! 그렇게 바로 결정하면 어떡해?"

"시간이 없어. 내 계산으론 아라온 17호가 버틸 수 있는 시간은 열여섯 시간뿐이야. 그 안에 문제를 해결할 가능성은 0.0034퍼센트이고."

"이 방법을 쓰면?"

라온은 고개를 갸웃거리다가 대답했다.

"1.71퍼센트."

"뭐야? 거기서 거기잖아."

"확률상으로는 엄청 높아진 거야. 물론, 배가 가라앉기 전에 구명정으로 탈출할 수 있지만 지금처럼 불안한 상황에서는 최대한 피하는 게 맞아."

"결국 우리 손에 달린 거네?"

"그런 셈이지."

"채 박사님에게 얘기할 거야?"

라온이 고개를 저었다.

"아니."

그리고 바로 덧붙였다.

"막을 게 뻔하잖아."

"그럼 몰래 가자는 얘기야?"

아라가 목소리를 높이자 듣고 있던 세르게이가 끼어들었다.

"나도 라온이랑 같은 생각이야."

둘의 의견이 같다는 걸 확인한 아라가 어깨를 으쓱했다.

"할 수 없지, 뭐."

해가 떨어지기 전에 움직여야 했기 때문에 둘은 서두르기로 했다. 밖으로 나와 파란색으로 칠해진 창고 쪽으로 걸어갔다. 창고 뒤쪽에 캐터필러(차바퀴의 둘레에 강판으로 만든 벨트를 걸어 놓은 장치. 탱크, 장갑차, 불도저 따위에 이용됨)가 달린 설상차가 한 대 서 있었다. 운전석이 열리더니 세르게이가 내려서 손을 흔들었다. 두 아이는 얼른 달려갔다.

설상차를 둘러본 아라는 생각보다 낡은 모습에 실망했다.

"꽤 오래된 거네요."

"그래서 별명이 데트(дед)야."

"무슨 뜻인데요?"

"할아버지라는 뜻의 러시아어지. 튼튼하고 고장이 없으니까 걱정 마라."

운전석에 올라탄 세르게이가 시동을 걸자 아라는 얼른 사다리를 타고 설상차 안으로 들어갔다. 운전석 뒤쪽 좌석이었는데

그 뒤로는 짐칸처럼 되어 있어서 박스와 공구 들이 쌓여 있었다. 뒤따라 탄 라온이 문을 닫자 세르게이가 설상차를 출발시켰다. 덜커덩거리며 앞으로 나아가는 설상차의 진동에 맞춰서 몸이 출렁거렸다. 내륙으로 향하는 언덕을 가볍게 오른 설상차가 북쪽으로 방향을 잡았다. 싸늘한 바람이 눈가루를 동반한 채 날아와 설상차 창문에 들러붙었다. 와이퍼를 작동시킨 세르게이가 속도를 높였다. 창밖을 바라보던 아라가 한 무리의 펭귄들을 발견했다. 생각보다 작은 펭귄들은 온몸이 진흙투성이였다.

"쟤네들 왜 저래?"

"진흙으로 목욕했나 보지."

두 아이 얘기를 듣고 있던 세르게이가 끼어들었다.

"진흙이랑 똥이야."

아라가 질색했다.

"똥이라고요?"

세르게이가 웃었다.

"남극 온도가 올라가면서 얼어붙어 있던 땅과 펭귄들의 대소변이 녹아 버린 거지."

"어우, 지저분해."

아라가 손으로 코를 막으며 장난스럽게 대답하자 세르게이가 고개를 저었다.

"쟤들한테는 죽고 사는 문제야."

"왜요?"

"다 자란 펭귄들은 털이 방수가 되기 때문에 상관없지만 어린 펭귄들은 털이 다 자라지 못한 상태라서 위험해."

무슨 뜻인지 알아차린 아라의 얼굴이 굳어졌다.

한숨을 쉰 세르게이가 덧붙였다.

"펭귄 다음은 사람이겠지."

아라와 라온은 펭귄들을 더 이상 바라보지 못했다. 라온은 사람들 때문에 남극의 펭귄들까지 고생하는 것을 보니 미안한 마음이 들었다.

펭귄들 다음에는 아무것도 보이지 않았다. 오직 얼음으로 덮인 굴곡진 능선과 바람에 쓸려 나가는 눈보라뿐이었다.

어느덧 지루해진 라온이 턱을 괸 채 창밖의 풍경을 바라보며 중얼거렸다.

"진짜, 아무것도 없네."

세르게이가 말했다.

"당연하지. 여긴 사막이니까."

놀란 아라가 눈을 동그랗게 뜨고 물었다.

"사막이요? 눈이 이렇게 많이 쌓여 있는데요?"

옆에 있던 라온이 킥킥거렸다.

아라가 기분 나쁜 표정을 지었다.

"왜 웃어?"

"1년에 비가 200밀리미터 이하로 내리는 곳을 사막이라고 하는 거야. 여기도 비가 그렇게 내리니까 사막이지. 눈 덮인 사막."

라온의 말이 틀리지 않았다는 듯 세르게이가 껄껄 웃었고, 자존심이 상한 아라는 팔짱을 낀 채 콧방귀를 뀌었다.

재미있다는 표정으로 아라를 바라보던 라온이 세르게이에게 물었다.

"그런데 왜 우리를 도와주시는 거예요?"

뜻밖의 질문에 운전을 하던 세르게이가 움찔했다. 조수석 시트에 팔을 걸친 라온이 날카롭게 쏘아보면서 덧붙였다.

"얘기를 들어 보니까 구소련이 만들었다고는 하지만 러시아가 계속 관리 중인 것 같던데요? 우리야 한국인이니까 상관없지만 아저씨는 문제가 될 수 있잖아요."

질문을 던진 라온을 바라보며 뜻 모를 미소를 지은 세르게이는 조수석의 대시보드를 가리켰다.

"열어 볼래?"

손을 뻗은 라온이 대시보드를 열고 안에 있는 책을 꺼냈다. 표지를 본 라온의 눈이 커졌다.

"《남극에서 생각하는 인류의 미래》? 아빠가 쓴 책이네요."

"10년 전에 블라디보스토크 대학에 특강을 오신 적이 있었지. 그때 강연을 듣고 남극과 환경에 관심을 기울이게 됐어."

"그때 아빠가 기후 악화를 막을 수단으로 인류의 숫자를 줄여야 한다고 주장했다고 하면서 난리 났었어요. 누나도 기억나지?"

뒷좌석 시트에 기대 앉아 있던 아라가 고개를 끄덕거렸다.

"그럼, 기자들이 매일 찾아오고 난리도 아니었어."

라온이 당시의 기억을 떠올리면서 얼굴을 찌푸렸다.

"그냥 예시를 들었던 건데 엄청 비난이 쏟아졌었죠."

세르게이가 씩 웃었다.

"내가 강의를 들었을 때에도 그 질문이 나왔다. 남 교수님은 굉장히 곤란한 표정으로 자신은 그냥 주장을 인용한 것이고 절대 동의하지 않는다고 여러 번 얘기하셨지. 다만 인류가 그만큼 자연과 지구를 파괴하고 있다며, 지구에 사는 생명체로서의 책임감에 대해 말씀하셨지."

"아빠가 늘 강조한 거예요."

"그런데 이 책이 우리 아빠를 구해 주는 거랑 무슨 상관인데요?"

"사인 받으려고."

"네?"

뜻밖의 대답에 라온이 당황한 표정으로 책의 앞쪽을 살폈다.

세르게이가 껄껄 웃었다.

"화장실이 급해서 잠깐 갔다 왔더니 그사이에 다음 일정이 있다고 떠나셨지 뭐야. 그 후에 계속 만날 기회가 있었는데 아슬아

슬하게 스쳐 지나갔어. 그래서 이번에 아라온 17호를 타고 오신다는 소식을 듣고 아예 전재규 기지에 와서 기다렸지."

세르게이의 사연을 들은 라온은 책을 덮으면서 말했다.

"저도 아빠한테 꼭 사인해 드리라고 할게요."

남극은 평지처럼 보이지만 실제로는 크고 작은 언덕 같은 지형으로 구성되어 있다. 언덕을 넘을 때마다 설상차는 이리저리 튀었는데 천장에 몇 번 부딪칠 뻔한 라온이 비명을 질렀다. 반면, 아라는 차분하게 창밖을 바라봤다.

라온이 투덜거렸다.

"아무것도 볼 게 없는데 뭘 그리 열심히 봐."

"자세히 보면 보이는 게 많아. 너는 대충 보니까 보이지 않는 거야."

달려가던 설상차가 갑자기 급브레이크를 밟았다. 얘기를 나누던 아라와 라온은 갑자기 앞으로 몸이 쏠리자 비명을 질렀다. 설상차는 눈 속에 서서히 파묻혔다.

아라가 눈을 동그랗게 뜨고 물었다.

"아저씨! 이거 왜 이래요?"

핸들을 잡고 있던 세르게이가 난감한 표정으로 돌아봤다.

"크레바스에 빠진 모양이야."

"크레바스요? 어떻게 빠져나가야 하는데요?"

"그냥은 못 나가."

"그럼요?"

세르게이가 핸들 아래쪽으로 손을 뻗어서 버튼을 누르자 설상차의 지붕이 열렸다.

라온이 신기한 듯 말했다.

"이제 보니 루프탑이었네."

아라가 고개를 절레절레 흔들었다.

"이 와중에 농담이 나오니?"

세르게이가 말했다.

"운전석 아래쪽에 고리가 있을 거다. 그걸 빼서 근처 어디 단단한 곳에 묶어야 해."

"제가 해야 하나요?"

"나는 운전을 해야 해서 말이야. 걸고 난 다음에 신호를 주면 내가 빠져나갈게. 일단 둘 다 조심해서 나가."

아라는 활짝 열린 설상차의 지붕을 딛고 밖으로 나왔다. 설상차는 크레바스에 딱 끼어 있었다. 장갑 낀 손으로 운전석 아래에 달린 고리를 뽑았다.

따라 내린 라온이 주변을 돌아보며 중얼거렸다.

"걸 만한 곳이 없는데?"

"잘 찾아봐."

"안 보여."

아라는 주변을 유심히 살펴보다가 기둥처럼 솟은 빙하를 발견했다.

"저기야!"

"너무 멀지 않아?"

"해 봐야지. 아빠 구할 기회를 놓칠 수는 없잖아."

"그래도."

"너는 여기 있다가 내가 고리를 걸면 세르게이 아저씨한테 알려 줘."

위험하다는 동생의 만류에도 불구하고 아라는 고리를 들고 눈 속을 걸어갔다. 라온의 말대로 생각보다 거리가 멀어서 다리가 후들거렸다. 거기다 쇠로 된 고리가 생각보다 무거워서 발걸음을 무겁게 만들었다.

'그래도 가야 해. 아빠를 구할 거야.'

똑똑하지만 싸가지 없는 동생과 아빠를 위해서 반드시 해내야만 했다.

'내가 해야만 해.'

마지막 힘을 쥐어짜 낸 아라는 겨우겨우 기둥 모양의 빙하에 도착했다.

"생각보다 큰데?"

한 바퀴 돌아서 감아야 했기 때문에 아라는 천천히 옆으로 돌았다. 다행히 별로 걸리적거리는 게 없어서 무사히 돌 수 있었다. 하지만 줄에 고리를 걸려고 하는데 딱 한 뼘이 모자랐다.

"안 돼!"

아무리 힘을 써도 고리는 꼼짝도 하지 않았다.

"제발!"

안간힘을 쓰던 아라는 결국 지쳐서 주저앉고 말았다.

지켜보고 있던 라온이 헐레벌떡 달려와 기둥 모양의 빙하를 가리켰다.

"저걸 좀 부수면 되잖아."

"맞아! 아, 왜 그 생각을 못 했지?"

아라는 벌떡 일어나서 발로 줄이 감긴 빙하를 걷어찼다. 조금씩 빙하가 부서지자 딱 한 뼘 모자랐던 줄이 안쪽으로 감기면서 고리를 걸 수 있었다.

"이제 됐어."

남매는 손을 잡고 설상차가 빠져 있는 쪽으로 뛰어갔다.

가까이 다가간 두 아이가 감았다고 소리치자 고개를 내민 세르게이가 외쳤다.

"잘했다! 위험하니까 옆으로 비켜!"

남매가 옆으로 물러서서 지켜보는데 엔진이 도는 소리가 들리면서 줄이 서서히 당겨졌다. 줄이 끊어지거나 설상차가 터져 버리는 게 아닌가 싶을 정도로 굉음이 들리자 아라는 라온을 데리고 뒤로 더 물러났다. 초조하게 바라보는데 갑자기 설상차가 지상으로 튕겨 올라왔다. 허공에 살짝 떴던 설상차가 자리를 잡자 남매는 서로 끌어안고 환호성을 질렀다.

문을 연 세르게이가 웃는 표정으로 말했다.

"얘들아, 어서 타라."

신이 난 아이들은 설상차로 올라갔다. 줄을 되감으며 빙하 기둥까지 간 설상차는 고리를 풀고 다시 출발했다.

그 후로도 한 시간 정도 더 가서야 데그차레프 기지가 나왔다. 불가사리처럼 생긴 본관 건물과 여러 채의 부속 건물을 가진 전재규 과학 기지와는 달리 컨테이너를 몇 개 이어 붙인 건물과 기름 탱크 하나, 그리고 긴 안테나 하나가 전부였다. 러시아 정부가 관리하고 있다는 표지판이 붙어 있긴 했지만, 낡을 대로 낡은 모습을 본 아라는 설상차에서 내리며 중얼거렸다.

"이게 뭐야?"

설상차의 시동을 끄고 내린 세르게이는 오른쪽 맨 끝 컨테이너로 가서 문을 열었다. 그리고 어서 들어오라며 손짓했다. 두 아이가 미심쩍어하며 따라서 들어가자 세르게이는 벽을 더듬어서 불을 켰다. 하지만 전등이 희미하게 껌벅거리자 점퍼 주머니에서 작은 라이트를 꺼내서 벽을 비췄다. 낡은 책상과 캐비닛 사이에 있는 벽을 밀자 안쪽으로 스르륵 밀려들어 갔다.

아라의 눈이 반짝거렸다.

"오! 비밀의 문이네."

라온이 혀를 찼다.

"누가 추리 소설 마니아 아니랄까 봐, 신났네."

둘이 아웅다웅하는 사이 안으로 들어간 세르게이가 어서 들어오라는 손짓을 했다. 두 아이가 들어서자 세르게이는 벽면에 있는 안구 인식 장치에 눈을 갖다 댔다. 딱딱한 러시아어가 들리고 빛이 스캔을 하더니 앞쪽 문이 열렸다.

새하얀 빛에 잠시 눈을 껌뻑거렸던 라온이 중얼거렸다.

"엘리베이터네? 지하로 내려가나요?"

먼저 들어간 세르게이가 고개를 끄덕거렸다.

"물론이지."

두 아이가 냉큼 타자 세르게이는 엄지손가락을 지문 인식 장치에 갖다 댔다. 문이 닫힌 엘리베이터는 빠른 속도로 아래로 내려갔다.

벽에 손을 댄 라온이 고개를 갸웃거렸다.

"아래로 바로 내려가는 게 아니라 앞쪽으로 비스듬하게 내려가네요."

"맞아, 폭약이 빙하 아래쪽에 설치되어 있거든."

한참 동안 내려간 엘리베이터가 멈추고, 서서히 문이 열렸다. 처음에 맞닥뜨린 것은 어둠이었다.

라온이 어둠을 바라보며 중얼거렸다.

"따뜻하네."

옆에 있던 아라가 물었다.

"뭐라고?"

라온이 어둠에서 눈을 떼지 않은 채 대답했다.

"지하로 100미터 이상 내려왔고, 빙하 아래쪽이라면 엄청나게 추워야 할 텐데 입김도 안 나오잖아."

"그러게."

두 아이가 어리둥절해하는 사이, 세르게이가 앞으로 걸어갔다. 센서 같은 게 있는지 세르게이가 걸어갈 때마다 불이 타다닥 켜졌다.

아라가 위쪽을 쳐다보며 말했다.

"천장이 엄청 높은데?"

엘리베이터에서 내린 그들이 서 있는 곳은 천장이 높은 긴 복도였다. 복도 끝에는 반 층 높이의 계단이 있었고, 그 앞에는 양쪽으로 열 수 있는 붉은색 문이 보였다.

세르게이는 라이트를 도로 점퍼 주머니에 넣었다.

라온이 물었다.

"저긴가요?"

대답 대신 고개를 끄덕거린 세르게이가 문 쪽으로 걸어가서는 두 아이를 등지고 지문 인식 장치에 손가락을 댔다.

몇 번 오류가 났다가 문이 열리자 세르게이가 머쓱한 표정을 지었다.

"만든 지 오래돼서 종종 오류가 나곤 해. 어서 들어와."

두 아이는 세르게이를 따라 붉은색 문 안으로 들어갔다. 문 안쪽은 커다란 기계실처럼 보였다. 사람이 들어가고도 남을 것 같은 굵은 금속 파이프가 벽을 따라 구불구불하게 이어지고, 원통형 탱크들이 안쪽으로 쭉 이어져 있었다. 컨테이너 몇 개밖에 없던 겉모습과 너무나 다른 지하의 모습에 두 아이는 입을 다물지 못했다.

놀란 두 아이에게 세르게이가 손짓했다.

"어서 와. 거의 다 왔어."

정신을 차린 두 아이가 세르게이의 뒤를 따라 안쪽으로 향했다. 시멘트로 발라진 벽 곳곳에서 물이 뚝뚝 떨어지면서 곳곳에 작은 웅덩이들이 생겨 있었다. 안쪽으로 걸어 들어간 세르게이가 거대한 철제 구조물 앞에서 걸음을 멈췄다. 검정색으로 칠해진 방 같은 것이 덩그러니 있었는데 문처럼 보이는 곳 옆에는 아주 오래되어 보이는 컴퓨터가 설치되어 있었다.

전원 버튼을 누른 세르게이가 화면이 켜지는 걸 보고 두 아이를 돌아봤다.

"이 방 안에 기폭 장치가 들어 있어. 문제는 이 컴퓨터의 암호를 풀어야만 들어갈 수 있다는 거지."

라온이 말했다.

"방 전체를 쇠로 만들었군요."

세르게이가 마치 노크를 하듯 쇠로 된 문을 두드렸다.

"들어갈 수 있는 문은 이거 하나뿐이야. 벽을 뚫고 들어가면 안쪽에 있는 기폭 해제 장치가 작동해서 들어간다고 해도 폭발을 시킬 수 없어."

라온이 케이스에서 웨어러블 글라스를 꺼내서 썼다. 그리고 점퍼를 벗어서 누나인 아라에게 건넸다.

"뭐야? 들고 있으라고?"

라온은 투덜거리는 누나에게 다정하게 귓속말을 했다.

"아빠 구해야지. 바닥이 지저분해서 그래. 잠깐만 들고 있어."

그러고는 입고 있는 양자 컴퓨터를 음성으로 구동했다.

"풍백과 우사 구동."

그러자 양쪽 어깨 부분의 센서가 깜빡거리면서 본체가 켜졌다. 감탄의 눈으로 바라본 세르게이가 옆으로 물러나자 컴퓨터 앞에 선 라온이 이리저리 살폈다.

"2013년에 출시된 삼성전자의 컴퓨터 모델이군요. 박물관에서 봤던 건데 이걸 쓰고 있다니 놀라워요."

"그 전에 어떤 걸 썼는지 알면 기절할 거다. 1980년대 출시된 애플 2를 2010년대까지 사용했었어. 일부러 구형 모델을 사용했다."

"어차피 인터넷을 연결하지 않으면 해킹을 못 하는데 그럴 이유가 있나요?"

세르게이가 설명했다.

"직접 침투해서 들어와도 사용법을 모르게 하려고 그랬던 거야. 예전 버전은 따로 교육을 받지 않으면 못 다루니까."

라온이 고개를 끄덕거렸다.

"철저하네요."

"거기다 암호는 모스크바에서 전달되는 방식이라 여기서는 알 도리가 없었지."

"쓸모가 없어졌는데 왜 해체하지 않은 거예요?"

"아까워서 그런 거 같아. 이건 대략 1980년대 중반에 지어졌고, 그 후 60여 년 동안 계속 보수하느라 막대한 비용이 들었어. 반대로 해체하는 것도 마찬가지로 비용이 엄청나게 들 수밖에 없지."

"정말 그것뿐인가요?"

세르게이가 피식 웃었다.

"다른 이유가 있다고 생각하니?"

"1959년에 체결된 남극 조약을 위반한 거잖아요. 남극의 군사적인 이용을 금지해서 군용 기지였던 미국 맥머도 기지의 관련 시설도 철거했잖아요."

"미국이 거짓말한 거야. 유사시에 군용으로 사용할 수 있도록 활주로를 그대로 두었고, 관제 장치도 남겨 놨지. 냉전 시기에 이

곳은 슈퍼맨 작전의 중간 기착지였어."

가만히 듣고만 있던 아라가 끼어들었다.

"슈퍼맨 작전이요?"

세르게이가 대답했다.

"미국은 남극을 중간 기착지로 해서 핵미사일을 탑재한 폭격기와 급유기 편대를 보내려고 했어. 지구 정반대편에서 소련을 공격하는, 허를 찌르는 방식을 택한 거지."

"그러니까 서로 못 믿어서 둘 다 남극 조약을 안 지킨 셈이군요."

"서로를 향해서 핵미사일을 겨누고 있는 상황인데 믿는 게 이상한 거지."

"어쨌든 냉전이 끝났는데도 남겨 놓았고, 문제가 되니까 지금까지 감춘 거 아닌가요?"

"나도 더 자세한 건 모르겠다. 내가 아는 건 여기까지야."

세르게이가 어서 시작하라고 손짓하자 라온은 주머니에서 접이식 패드를 꺼내 코드를 뽑아서 컴퓨터에 연결했다. 가볍게 키보드를 쳐서 접속을 한 라온이 화면을 응시했다. 몇 차례 키보드를 조작해서 인터페이스를 확인한 다음 엔터를 누르자 숫자와 기호들이 빠르게 흘러갔다. 그러다가 숫자가 하나씩 멈췄다.

그걸 본 세르게이가 주먹을 불끈 쥐었다.

"역시!"

잠시 후, 숫자와 러시아 키릴문자로 조합된 암호가 화면에 남았다.

세르게이가 말했다.

"엔터키를 눌러."

라온이 엔터키를 누르자 굳게 닫혀 있던 거대한 철문이 덜컹하는 소리와 함께 살짝 열렸다. 심호흡을 한 세르게이가 안으로 들어갔다. 웨어러블 글라스를 벗고 키보드를 챙긴 라온이 따라 들어갔고, 몇 발자국 떨어진 곳에서 바라보던 아라도 서둘러 따라 들어갔다. 급하게 들어가느라 미처 앞을 보지 못했던 아라는 입구 근처에 서 있던 라온과 부딪치고 말았다.

"문 앞을 막고 서 있으면 어떡해?"

"그럴 만한 사정이 있어."

"무슨 사정?"

"앞을 봐."

고개를 든 아라는 어느 틈엔가 권총을 뽑아 든 세르게이를 보고 눈이 커졌다.

"진짜 총일까?"

"그런 거 같아."

"왜 우릴 겨누는 건데?"

"안 그래도 궁금해서 물어보려고 했어. 그런데 방금 답을 찾았네."

아라가 벌컥 화를 냈다.

"자꾸 뜸 들일 거야?"

라온이 앞쪽을 가리켰다. 긴 원통형의 금속 탱크가 줄지어 서 있었는데 하나같이 몸통 중간에 검정색 기호를 달고 있었다.

아라가 얼굴을 찌푸렸다.

"저 표시 많이 봤는데….'

"방사능 표시야."

"뭐라고?"

"이 안에 있는 게 그냥 폭탄이 아니라 원자 폭탄이라는 뜻이지."

아라는 깜짝 놀라 가슴이 뛰었다.

"헉, 원자 폭탄?"

라온이 고개를 살짝 저었다.

"어쩐지 이상하더라."

"언제부터 이상한 줄 알았는데?"

"처음부터. 맥머도 기지는 여기서 적어도 200킬로미터는 떨어져 있는데 일반 폭약 가지고 무슨 수로 로스 빙붕을 무너뜨려서, 거기까지 충격을 주겠어?"

아라가 짜증을 냈다.

"알면서도 따라왔다는 얘기야?"

"여기 대체 뭐가 있는지 궁금했거든."

라온이 원자 폭탄을 보며 덧붙였다.

"예상 밖이긴 했어."

"저게 터지면 어떻게 되는데?"

"로스 빙붕이 살짝 부서지는 정도가 아니라 전부 다 무너질 거야."

"그게 얼마나 되는데?"

"로스 빙붕의 전체 길이가 700킬로미터인데 이번에 100킬로미터쯤 무너졌으니까 나머지는 600킬로쯤이겠지."

"그러면 엄청 큰 쓰나미가 생기는 거 아니야?"

"쓰나미 정도로 끝나지 않을 거야."

"아빠가 탄 아라온 17호는?"

라온이 대답 대신 고개를 젓자 아라가 세르게이를 쏘아봤다.

"잘도 우리를 속였겠다."

그러자 세르게이가 눈빛을 번뜩이면서 다가왔다.

"쓰나미 정도로 끝나지 않을 거야. 남반구의 대도시들을 한 번에 쓸어 버릴 거야. 시뮬레이션을 해 봤는데 최소한 30억쯤 사망하더라고."

라온이 힐난하는 표정을 지었다.

"무슨 게임 하듯 얘기하시네요."

세르게이가 피식 웃었다.

"사람이 지구를 망치고 있잖아. 더 이상 지켜보고만 있을 수 없어. 기회가 왔을 때 지구를 지키는 행동에 나서야 해."

라온이 어처구니없다는 표정을 지었다.

"30억 명의 사람들을 죽이는 게 지구를 지키는 거라고요?"

세르게이가 코웃음을 쳤다.

"왜? 다들 쉬쉬하지만 기후 악화를 줄일 수 있는 가장 효과적이고 확실한 방법은 인류의 숫자를 줄이는 거야. 네 아버지가 책에서 얘기했던 대로 말이야."

"아빠는 예시를 든 거라고요. 사람이 살기 위해서 기후 악화를 막으려는 건데 사람의 숫자를 인위적으로 줄인다는 건 계산이 틀려도 한참 틀렸다고요."

"틀리긴 뭐가 틀려? 지금 이 순간에도 사람들은 쓰레기를 아무렇지도 않게 만들어 내고 있어. 그걸 막아야 할 정치인이라는 작자들은 눈앞의 이익을 위해 외면하고 있고. 지금 유엔에 모여서 열심히 회의를 한다고 하지만 아무 결론도 내지 않을 거야. 책임지기 싫어서 이리저리 말꼬리를 잡고 회의를 질질 끌겠지."

"그래서 아빠를 도와준다는 핑계로 우리에게 접근했군요."

"하늘이 내린 기회였지. 사실대로 말했다면 당연히 돕지 않았겠지."

"다시 생각해 보세요. 이런다고 문제가 해결되는 건 아니잖아요."

"물론이지. 하지만 적어도 시작은 할 수 있잖아. 안 그래?"

세르게이가 권총을 까닥거리며 두 아이를 벽 쪽으로 몰아붙이고는 방사능 표시가 그려져 있는 금속 탱크 곁으로 다가갔다. 옆에는 작은 키보드처럼 생긴 패널 같은 게 보였다.

세르게이를 지켜보던 라온이 말했다.

"거기도 암호를 넣게 되어 있네요."

세르게이가 움찔했다.

"뭐라고?"

라온이 턱으로 패널을 가리켰다.

"출입문에만 암호 장치를 걸어 놨겠어요?"

세르게이가 미심쩍은 눈으로 라온을 쳐다봤다.

"미코얀 소장은 그런 얘기 안 했는데?"

라온이 대꾸했다.

"비밀이니까 당연히 알려 주지 않았겠죠. 저도 아까 출입문 암호 풀면서 알았어요."

"날 속일 생각은 하지 마라."

"그러면 그냥 눌러 보세요. 그 패널은 아마 암호를 한 번만 잘못 눌러도 자동으로 잠기게 되어 있을 거예요. 그다음에는 불을 지르거나 망치로 두들겨 대거나, 총을 쏴 대도 폭탄이 안 터진다고요."

눈에 띄게 당황한 세르게이가 권총을 들이댔다.

"거짓말하는 거 다 알아!"

라온이 해 볼 테면 해 보라는 식으로 배짱 좋게 팔짱을 꼈다.

"눌러 보시라니까요."

세르게이가 패널에서 손을 떼고 권총을 까닥거렸다.

"이리 와서 암호 풀어."

"그걸 폭파시키면 아빠가 죽는데…."

라온의 말이 채 끝나기도 전에 세르게이가 바닥에 대고 권총을 쐈다.

'탕!'

어마어마한 총성과 함께 파편이 튀자 라온은 기겁을 했다.

"으아."

연기가 풀풀 나는 권총의 총구를 겨눈 세르게이가 소리쳤다.

"얼른 와서 암호 풀어. 죽고 사는 건 그다음에 생각하라고."

굳은 표정의 라온이 주춤주춤 다가갔다. 그리고 패널 앞에 서서 키보드를 꺼내다 너무 긴장한 탓인지 떨어뜨리고 말았다. 라온이 한숨을 쉬며 키보드를 줍기 위해 허리를 숙였다. 그때 라온 뒤에 바짝 붙어서 따라온 아라가 소매에 넣어 둔 테트 건을 쐈다. 전기 침의 일종인 테트가 날아가서 뺨에 박히자 세르게이가 권총을 떨어뜨리면서 비명을 질렀다.

"으, 으악!"

그 틈을 노린 아라가 허리를 숙인 라온의 등을 짚고 훌쩍 날았다. 그리고 두 발로 세르게이의 가슴을 걸어찼다. 세르게이가

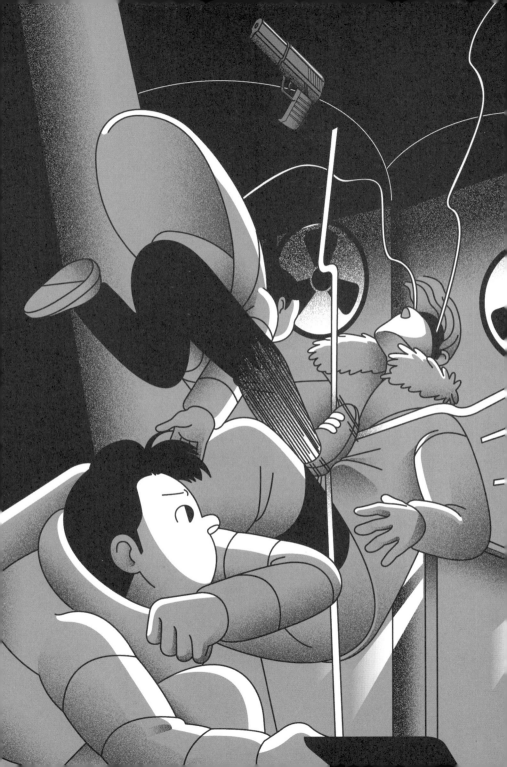

비명을 지르며 자빠졌다.

아라가 세르게이를 노려봤다.

"감히 우릴 속여?"

그러자 뒤에서 키보드를 챙긴 라온이 한마디 했다.

"속은 건 누나지. 나는 알고 있었다니까."

"시끄러워!"

둘이 말다툼을 벌이는 틈에 비틀거리며 일어난 세르게이가 뺨에 박힌 테트를 뽑았다.

"이 어린것들이!"

세르게이가 다가오자 아라가 라온에게 말했다.

"잠깐 기다려."

세르게이에게 성큼성큼 다가간 아라가 날아오는 주먹을 손쉽게 피했다. 그리고 발차기로 아랫배를 걷어찬 다음 플라잉 니킥을 턱에 명중시켰다. 세르게이는 이번에는 비명조차 지르지 못하고 풀썩 쓰러지고 말았다.

라온이 말했다.

"인간 흉기네, 인간 흉기."

"흥, 열다섯 살이면 안 어리거든. 그리고 내가 무슨 인간 흉기야. 무술가지."

"턱 깨진 거 같은데?"

"어설프게 제압하면 꼭 다시 덤비려고 하거든."

라온이 비틀거리며 일어나는 세르게이를 가리켰다.

"저렇게?"

아라가 짜증을 냈다.

"맞아."

세르게이 쪽으로 다가간 아라가 기합과 함께 날아올라서 두 발로 연달아서 턱과 가슴을 걷어찼다. 선 채로 연타당한 세르게 이가 마치 바람 빠진 풍선처럼 주저앉았다. 쓰러진 세르게이가 의 식을 잃은 걸 본 아라가 라온을 돌아봤다.

"어때?"

어깨를 으쓱한 라온이 성의 없는 박수를 쳤다.

기절한 세르게이를 질질 끌고 방 밖으로 나온 두 아이는 문을 닫았다. 몸을 뒤져 보자 칼과 케이블 타이가 몇 개 나왔다.

"이걸로 우릴 묶어 둘 생각이었나 봐."

케이블 타이로 세르게이의 팔과 다리를 묶은 두 아이는 엘리 베이터를 타고 밖으로 나왔다. 눈보라가 휘몰아치는 데그차레프 기지 밖으로 나온 두 아이는 타고 온 설상차 쪽으로 걸어갔다.

그러다 아라가 뭔가 생각난 표정으로 걸음을 멈췄다.

"너 설상차 운전할 줄 알아?"

"당연히 모르지. 누나는?"

"나도 못 해."

아라가 데그차레프 기지를 돌아보며 투덜거렸다.

"세르게이를 여기까지 끌고 나와야 해?"

"난 힘이 없으니까 누나가 끌고 와."

"80킬로는 될 거 같던데 나 혼자 어떻게 끌고 와?"

"그럼 기절을 시키지 말든가."

"구해 줬더니 이제 와서 큰소리치네?"

"계획은 다 내가 짠 거거든."

"계획은 계획일 뿐, 실행이 중요한 거지."

밑도 끝도 없이 싸우던 두 아이는 설상차에 장착된 무전기가 지직거리자 싸움을 멈췄다.

무전기에서 낯익은 채연섭 박사의 목소리가 들렸다.

"세르게이 씨! 응답하세요. 대체 아이들이랑 같이 어디로 간 겁니까?"

아라가 안도의 한숨을 쉬며 라온의 팔을 쳤다.

"네가 얘기해."

"이럴 때는 꼭 나한테 떠밀더라."

투덜거리던 라온은 아라가 주먹을 불끈 쥐자 마지못해 무전기로 다가갔다.

"박사님, 저 라온입니다."

"라온이구나! 무사한 거냐?"

"일이 좀 있긴 했지만 괜찮아요."

"거기 어디냐?"

"데그차레프 기지요. 사람을 좀 보내 줄 수 있으실까요? 걸어가기에는 좀 먼 거 같아서요."

채연섭 박사는 곧바로 구조대를 보냈다. 건장한 체격의 해양경찰청 소속 경찰도 함께 왔다. 대원 세 사람이 지하로 내려가서 아직도 의식을 차리지 못한 세르게이를 질질 끌고 드론에 태운 다음 전재규 기지로 돌아왔다. 대원들과 함께 핼리패드에서 대기 중이던 채연섭 박사는 그때쯤 정신을 차린 세르게이를 본관 건물로 끌고 가라고 지시하고는 두 아이를 바라봤다.

"상투적인 말이긴 하지만 너희가 인류를 구했구나."

서로를 바라보며 어깨를 으쓱거린 두 아이가 씩 웃었다.

아라가 말했다.

"인류를 구한 상 같은 건 없나요? 아니면 착한 청소년 상 같은 거라도요."

"상 대신 아주 좋은 소식을 알려 주마. 아라온 17호가 기지로 오고 있는 중이다."

"뭐라고요? 엔진이 파손돼서 빙하에 갇혀 있었잖아요."

"남 박사님이 비상 동력을 이용해서 엔진을 재가동시키셨어. 그리고 폭약을 이용해서 빙하를 깼고."

"우아!"

두 아이가 방방 뛰자 채 박사가 본관 건물을 가리켰다.

"상황실로 가자. 남 박사님이 너희를 걱정하고 있다."

두 아이는 서로 경주라도 하듯 본관 건물로 뛰어갔다.

서로 어깨를 밀치면서 상황실로 뛰어가던 두 아이가 본관 중앙 홀을 지나는데 TV에서 긴급 속보가 나왔다.

속보입니다. 방금 유엔 기후 총회가 무산되었다고 합니다. 전 세계 시민들이 지구를 살려야 한다는 시위를 벌이고 있는 상황에서 각국 정상들은 눈앞의 이익에 급급해 합의를 이루지 못한 것입니다. 지구가 살아날 길은 영영….